日本酒BAR 四季 -shiki-

春夏冬《あきない》中

さくら薫る折々の酒

Inumaru Tsurumi
つるみ犬丸

日本酒BAR「四季」春夏冬中《あきないちゅう》

四季 —shiki—

さくら薫る折々の酒

つるみ犬丸

日本酒BAR
「四季」
春夏冬中

プロローグ

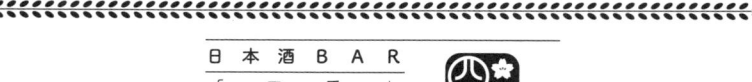

もう腹の虫すら鳴く元気をなくしたようだ。

林のようにビルが生え、常に工事や車の騒音《そうおん》がうねり、ひっきりなしに人が行き交う魔都《まと》、東京《とうきょう》。腹を空かせて途方に暮れるおれがいるのは、恵比寿《えびす》という繁華街《はんかがい》のその片隅。

朝から食料を求めて歩き続けてきたが、体は疲労困憊《ひろうこんぱい》で空腹は限界を超えている。これで絶食二日目。足も痛いし、もう眠い。眠いけど眠ったら死ぬかもしれない。

時刻は既《すで》に夕刻に差しかかっていて、通りでは夕飯用の買いものを終えたオバちゃんたちが、ネギのはみ出たビニール袋を片手におれの脇《わき》をすり抜けていく。それをもの欲しそうにじっと見つめるおれ。ああ、欲しい、その袋の中身。こんな豊かな街の平和な日常空間の中にあって、まさか飢えに苦しむことになるなんて。

おれはその場に立ち尽くし、はあ、と息を吐き出す。

こんなはずじゃなかったんだ。予定ではもっと上手《うま》く東京に溶け込めるはずだったのに。だけど現実はどうだ。

おれは東京の恐ろしさをナメていた。完全に見くびっていた。この街の厳《きび》しさを指して東京砂漠とは誰《だれ》が言い出したのだろう。非常に適切な表現だ。

そう、一週間前はまだ良かった。

家出同然で故郷、新潟《にいがた》を飛び出してきたおれだが、正直、東京に来れば色んなことがなんとかなるという漠然とした希望もあったし、なによりまだ金があった。

だがそんなもの、しょせんは幻想。希望と金はまるで砂上の楼閣《ろうかく》のように、儚《はかな》く散ってしまうことになる。

東京へ着いた日、おれはまず働き口を確保《かくほ》せねばとフリーペーパーを見て日雇いに応募するが、しかし、そこで働こうにも住所がなければ雇わないと告げられ、そして住居を得ようにも保証人が必要だった。

どうしようかと考えつつ、倹約のために公園で寝た初日の夜。そうだ、短期賃貸型のマンションがあるじゃないか、と夢の中で閃《ひらめ》きを得るも、既にポケットの中の財布とスマホはスられていた。慌てて近くにいたカップルに怪しい人物を見なかったかと聞くが、ゴミを見る目で追い払われた。

初日からいきなり追い詰められたおれは、その日から水道のある公園に移動。そこで寝泊まりしながら鞄《かばん》の中にあった食料をわずかずつ食《く》い潰《つぶ》し、窮状を訴えながら住み込みバイトを探すが、どこへ行ってもけんもほろろに門前払い。歯を食いしばって耐えたが、とうとう本日、来るところまで来てしまったというウルトラ体たらくである。

道を尋ねたときですら、露骨《ろこつ》に嫌な顔をされてしまう。このままじゃ死ぬのは確実。しかもごくごくごくごく近い未来に。なら生きている内に観念《かんねん》して家に帰ってしまおうかとも思ったが、しかしその考えが脳裏によぎった瞬間《しゅんかん》、フラッシュバックされるのは、あの苦行の毎日。

実家に戻ってまた元の生活が待っているのならそれこそ死んだ方がマシだし、きっといま帰ったところで、あのクソ親父《おやじ》に殺されるのがオチである。そもそも新潟まで帰る交通費がない。

四面楚歌《しめんそか》、五里霧中《ごりむちゅう》、絶体絶命、万事休す。

もう、どうしようもない状況だ。

おれはまた、深いため息を漏《も》らす。もう歩こうにも、足は棒のようで動かない。しかもどこかへ移動したところで、空腹を満たす当てもないのだ。

――どうしよう。どうしたらいい？

ことここに至っては、そろそろ『靴は煮れば食える』という都市伝説の信憑性《しんぴょうせい》を本格的に検討しなければならないと思い始めた、そのとき。

わずかだけ、前の方から風が吹いてきた。

それは普通によくある、ほんのちょっとした空気の流れ。でもこの微風《そよかぜ》は、どこからかとても良い香りを運んできて、まるで細かい霧《きり》のようにふわりとおれの鼻先へ漂わせた。

――澄んだ香り。なにかの店？

おれは導《みちび》かれるようにして目を上げた。すると香気が流れてくるその方向に、商店やビルに連なる形で、古風な木造の店舗《てんぽ》がこぢんまりと建っているのが目に入る。

決してボロい建物という訳ではない。むしろおれには趣《おもむき》のある良い味の佇《たたず》まいを醸《かも》しているように思えた。和風への強いこだわりを感じる外観だ。

興味《きょうみ》が湧《わ》いたおれは痛む足を前に引きずり、ヨタヨタとその店に近付いていく。

すると、目の前のこれが店の看板代わりだろうか。窓のひさしには店の名が入った日よけ幕が吊《つ》るされていて、目をやるとそれはパタパタと音を鳴らして風に躍《おど》った。

幕はおれの身長ほどもある大きなもので、藍地《あいじ》のそこには、『四季－Ｓｈｉｋｉ－』と、崩した筆字体で書かれている。

――四季？

四季は分かる。でも、あとに重ねられたＳｈｉｋｉってなんだ？

名前に興味を惹《ひ》かれつつ店をよく見るが、窓にも曇《くも》りがないし、引き戸の格子にも埃《ほこり》が見当たらない。店舗の前も掃除は隅々までしっかりされていて、建物が店主に相当大事に使われているように感じられた。おれというゴミが、いま落ちただけだ。

澄んだ香りは、こういう入念な管理から感じられたのかもしれない。

それになんとなく、これを見ていると実家を思い出す。子供の頃《ころ》遊んだ、とっつぁんたちが働く澄んだ香りがするあの仕事場。風情や建築様式以外にも、なにかの共通点があるのかもしれない。

――なんか、いいな、ここ。

惹かれるものを感じたおれは、探検家の懐中電灯《かいちゅうでんとう》のような探る視線《しせん》を、店の外観へ這《は》わせていく。

鼻をひくつかせても、店の中から飲食店特有の嫌な臭《にお》いを感じない。外観の印象から、オーナーは男性か。それも相当綺麗《きれいず》好き。店を持てるくらいだし、若くはないかな。きっと清潔《せいけつ》で人の良さそうなオッちゃんだろう。

この丁寧に扱われた建物は、なんとなくそんな店主の人柄を映す鏡《かがみ》のようにも思え、優《やさ》しさを感じるそこからは、乾いた自分の中に染みるような潤《うるお》いを与えられた気がした。さしずめ東京砂漠の中のオアシスといった体である。

おれは首をひねってちょっと考えたあと、

「あ、あのー。すいませーん」

と、遠慮《えんりょ》がちな声で格子戸を叩《たた》く。引き戸が揺れ、嵌《は》められているガラスがガシャガシャと音を鳴らした。しかし中は暗く、誰も出てくる様子《ようす》はない。

「すいませーん。誰かいませんかー」

皿洗いでもなんでもする。頼《たの》む、清潔で人の良さそうなオッちゃんよ。この絶望的な空腹からおれを救ってくれ。

懇願《こんがん》するようにそう祈り、今度は強く戸を叩いてみる。が、しかし中で電気が点《つ》く気配《けはい》はない。

今日《きょう》は定休日かなにかか？　それとも、もう潰れてしまっているとか？　やきもきしながらその場でしばらく待つが、やはり店内に人がいる雰囲気はない。

——なんてこった。

おれはがっくりと振り向いて引き戸を背にし、ずり落ちるようにしてそこへ座り込んだ。周りから冷たい視線を向けられるが、もう気にする余裕がない。おれは精根尽き果て、その場でゆっくりと目を閉じる。

口から出てくるのは、またため息。

さあ、どうする？　腹の具合はもう飢餓《きが》の領域に突入している。選択肢はあまりない。いまから他《ほか》の店に行って皿洗いを条件になにか食わせてもらうか？　確かさっき通ったところに、全国チェーンの牛丼店があったはずだ。

一瞬だけその考えが浮かんだが、しかし管理が行き届いたチェーン店でそんな手が通用するとは思えず、おれは首を振ってそれを頭から追い払う。じゃあ他の店を探して？ いや、いまどきどんな店でも、こんな方法でタダ飯を食わせてはくれないだろう。しかもここは暗黒都市、東京である。甘い考えは通じない。

まあ、それを言っちゃ、背もたれにしているこの店だってそうなんだが――。

でもなんとなく、この店は優しく接してくれそうな気がしたんだ。

行き届いた手入れか、人の良いオッちゃんのイメージか、または子供の頃、よく遊んだあそことよく似た空気がそう感じさせるのかは分からないけど。でもここからは雰囲気というか、なにか伝わってくるものがあった。この店を創り、守っているであろう店主に、親近感のようななにか。すごい都合の良い自己解釈だし、こんなくたびれた宿無しから一方的に好かれても迷惑だろうけど。

ま、誰もいないんじゃ、それもどうだっていい。

それより、もう疲れ果てた。動きたくない。

ずるずるずる、と、おれは戸にもたれる背中をずらして沈んでいく。そして首の力を抜き、カクンと頭を前に倒した。もう人目もなにもあったもんじゃない。こんなことに慣《な》れてしまうなんて、本当に落ちるところまで落ちたものである。

閉じられた暗闇《くらやみ》の中でそう思う。

ああ、これからどうするかなあ。

そもそも、どうにかできるこれからが、おれにあるのだろうか。

うわあ、考えるのキツいな、それ。だいたい、こうなったのも全部あの家業のせいなんだよなあ。生まれた家の不幸を呪《のろ》うね、ホント。普通の家で普通に過ごす当たり前の生活が欲しかったよ。

そんな、愚痴《ぐち》を吐くような無駄な思考の最中、ふと、匂いがした。

それはいままで嗅《か》いだことのない、優しい香りだった。『もうすぐ雨が上がる』、ってときの空気に近いかもしれない。鼻腔《びこう》の中いっぱいに広がって、心の緊張《きんちょう》を解いてくれそうな、そんな優しさ。

おれはうっすらと目を開ける。

するとそこには首を傾《かし》げてこちらを見つめる、透き通るように綺麗な女性がいた。

年はおれよりきっと三、四歳上。二十代半ばだろう。アンダーリムの眼鏡《めがね》をかけていて、その奥からは柔和で美しい瞳《ひとみ》が、真《ま》っ直《す》ぐにおれへ向けられていた。

「あのー……、大丈夫？　だいぶやつれているけど……」

肩からバッグを下げ、彼女はスーパーの袋を積《つ》んだ自転車を傍らにして、心配そうにおれの顔を覗《のぞ》き込む。その左手は鍵《かぎ》を持っていて、薬指《くすりゆび》には指輪《ゆびわ》が見えた。――この店の関係者か？

「いやっ。おれ、えっと……」

おれは弁解するように口を開くが、とっさのことで言葉が喉にへばりつく。不審な男が不審な行動を取ったせいか、女性はまた不思議《ふしぎ》そうに首を傾げ、自転車のスタンドを立てた。

「わたし、この店の店長。怪しい人じゃないから。安心して」

彼女は言うが、本当に怪しいのはこんなところで行き倒れているおれの方である。

しかし、――この人が店長？　ちょっと意外だ。

店の外観から、なんとなく伝わってくるのは男って印象だったけど。

まあ、そんなことはどうでもいい。おれの腹具合は危険水域に達している。なんとかこの美人人妻さんに頼んでメシを食わせてもらわなければ。

――と思い、おれは姿勢を正そうとするも、疲労で体が瞬時に動かず、足にも痛みが走ったため、瞬間、思わず顔がゆがんでしまった。

すると彼女は「あ」と口にしてポニーテールを揺らし、すぐにこちらに歩み寄ってくる。そしてロングスカートを折って屈《かが》み込むと、おれと目線を同じにした。

「ねえ、気分が悪いの？」

ゆっくりとした口調《くちょう》で言いながら、その女性は腕を伸ばす。なにをするのだと身構えていると、彼女は躊躇《ためら》いを全く見せず、おれの額《ひたい》に手のひらを当てようとした。

「おわっ」

おれは遠慮と羞恥《しゅうち》の思いから、思わず頭を仰《の》け反《ぞ》らせてしまう。正直、二日も着替えずに街を徘徊《はいかい》していたいまのおれはあまり身なりが清潔とは言えず、こんな醜態《しゅうたい》のまま体を人に触らせるのは少々忍びない。いや、そもそも女性なら、いまのおれはなるべく接触を控えたい類《たぐ》いの人間であるはずだ。それなのに……。

「どうしたの？　どこか痛む？　それなら、そんな姿勢より横になった方がいいよ。救急車呼んであげるから、ちょっと待ってて」

「あ、救急車はちょっと……」

病院や警察のお世話になって、身元が割れてはマズい。外聞を気にする親父に居場所を知られでもしたら、間違いなく強制送還《そうかん》させられる。そもそも、いまのおれには医者より食料だ。食料なんだが……。

「あの……」

おれは口を開きかけるけど、しかしあとに言葉が続かない。だって人の良さそうなオッちゃんにメシを頼むつもりでいたのに、こんな美しい女性に見つめられたまま「お腹《なか》が空いて行き倒れています」は、いくら人を捨てかけたおれと言えど、やっぱり恥ずかしい。いや、そもそも実行する段になって実感しているが、他人にタダ飯をお願《ねが》いするという行為自体、とても勇気が必要なのだ。

「いや、ちょっと、なんて言うか……」

「うん」

言葉に詰まるおれをじっと見つめ、人妻天使は二の句を促す。

これ、どうしよう。いや、もう立てないくらい腹が減ってるんだから恥を捨ててお願いすべきなんだけど。しかし武士は食わねど高楊枝《たかようじ》とも言うし……。

どうする？　スマートにメシにありつく方法はあるか？　考えろ考えろ考えろ。

おれは束《つか》の間《ま》、そんな葛藤《かっとう》を心の中で繰《く》り広げる。しかし、そのとき――。人妻天使から真剣な眼差《まなざ》しで見つめられ、おれの中で色んな感情がせめぎ合っていた、そのときだった。何故《なぜ》かいきなり、体がふわりと浮いたのだ。

あれ？　軽くなった？　もしかして窮《きゅう》地《ち》に陥ったおれの体が、それをきっかけにしてなにかに覚醒《かくせい》を？　少年漫画みたいに眠れる力が目覚めた？

と、思うがそれはやっぱり錯覚《さっかく》で、単純に四肢《しし》へ力が入らなくなっただけである。それを自覚すると、とたんにおれの視界は白みを帯び、急速に目線は傾いていった。あ、これヤバい。体が意思に関係なく倒れていく。あ、あ、あ、あ〜。ドスンと大きな音を鳴らし、したたかに地面に体を打ち付けるおれ。もはやスマートさの欠片《かけら》もない。

「あらあら。やっぱり救急車呼ばなきゃ〜」

彼女は持っていたバッグの中から携帯電話を取り出すと、ぎこちない動作で番号を押していく。そして、

「待っててね。病院にも付いていって、事情を話してあげるから」

そう言って微笑《ほほえ》んだ。そのとき、不覚にもおれの心の深いところにあるものが、ドクンと脈打った気がした。

きっと久しぶりに触れた人の優しさが嬉《うれ》しかったんだと思う。初対面で、しかも実家じゃお荷物だったおれなんかを……。

安心した気持ちもあったかもしれない。彼女の優しさは、緊張でピンと張り詰めていた心を和らげるように、じわりとおれの中に染み込んできた。

——この人相手なら、みっともない姿を晒《さら》しても、優しく受け入れてくれるかもし

れない。道行く人々みたいに、冷たい目でおれを見ないかもしれない。

そう思ったそのとき、なんと言うか、自分の中に居座っていた最後のプライドみたいなものが、ガラガラと音を立てて崩壊《ほうかい》し、そしてそのあと、心にぽつんと残ったものは、ただ生存への欲求のみだった。

おれは最後の力を振り絞り、右手を動かす。そして彼女の服の袖《そで》を引っ張り、

「……なんか食わせてください」

涙目でそう言った。

そしてこれがさすらいの流浪人として、北条《ほうじょう》冴蔵《さくら》が話した最後の言葉となるのだった。

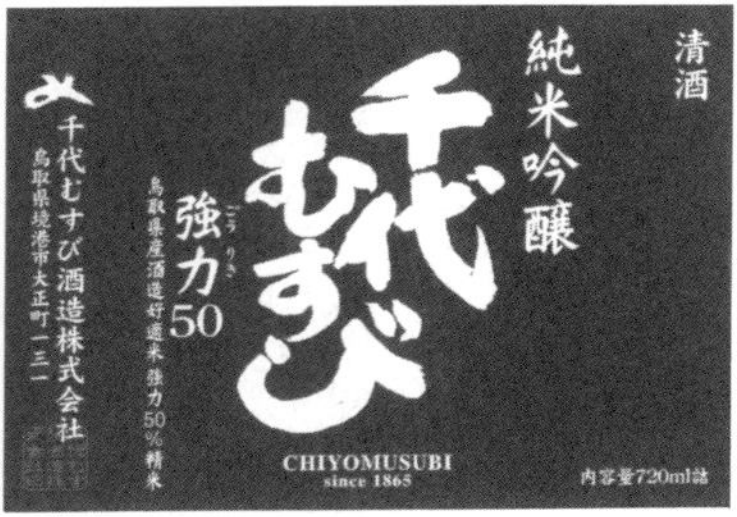

日本酒BAR
「四季」
春夏冬中

一章

巡り合わせ、千代にむすぶ

Ｓｈｉｋｉとは至貴であり指揮であり識《しき》であって士気でもある。要するにダブルミーニングとして、四季以外にも店に相応《ふさわ》しい複数の意味合いを含められるよう、あえてローマ字表記が重ねられているそうだ。また、その中でも彼女のご主人が好きな俳人、正岡子規《まさおかしき》のその名前から取られたところが、趣旨《しゅし》としてもっとも大きいらしい。

——あの日。

忘れもしない二週間前だ。あの日に味わった空腹は、我が二十一年の人生の中でもトップスリーに入る大ピンチだった。

そしてその窮地を救ってくれたのは、『四季』の店長、赤橋楓《あかはしかえで》さん。

「なんか食わせてください」

あのときおれがそう告げたあと、楓さんはまるで「なんだ、そんなことか」とでも言うようにぷっと噴《ふ》き出し、そして可笑《おか》しそうに自分の名前を名乗ると、快く店の中へ入れてくれた。いま思い出しても女神のような対応だった。

そして、そう。全《すべ》てはあそこから始まったのである。

「ごめんねえ。今日《きょう》の分のお料理はまだできてないの。ウチ、一人《ひとり》しかいなくて日替わりだけだから、昨日《きのう》、余ったカレーになっちゃうけど」

「いや……、そんな……。むしろ残飯でもありがたいくらいで……」

おれは『四季』に足を踏み入れると、倒れ込むようにカウンター席へ座り込んだ。

ああ、赤橋楓さん。おれみたいな泊まるとこもない人間に優しく接して、メシまで食わせてくれるなんて。しかも美人だ。まだまだこの暗黒都市も捨てたもんじゃない。

などと立場を忘れて上から東京を褒めていると、

「お待たせ～」

彼女はそう言って、カウンターにカレーを置いてくれた。

「あ、あ、ありがとうございます！」

色んなスパイスの香りが混じり合う、かなり本格的なカレーだった。ほんの微《かす》かに香るジンジャーが芳しさに膨らみを持たせている。専門店でも、ここまで凝《こ》ったものはあまりお目にかかれない。

試しに一口食ってみると、

「……、美味《うま》い」

思わず口から漏れるこの一言。

自分で作るカレーがこの世で一番美味いと思っていたけど、これはそれを軽く凌駕《りょうが》している。

「一晩寝かせたから、美味《おい》しくなってるのかもねえ」

フフッと笑う楓さん。のんびりした口調だったが、手元にある食材は恐ろしいスピードで調理されていた。あれが今日の日替わりになるのだろうか。ついたてがあって正確には見えないが、手の動きは正に職人技《しょくにんわざ》だ。

この人、優しいし料理は美味いし、一人で店をやってるってことはしっかり者でもあるんだろう。いいなあ。旦那《だんな》さんは幸せもんだなー。

なんてことを考えつつ、おれはペロリとカレーを平らげる。行き過ぎた空腹のためか、一皿だけでかえって腹は満足してしまった。お代わりとかはやっぱり厚かましいなあと思っていたので、ちょうど良かったが。

「あ、あの。ありがとうございました。すごい美味かったです」

おれは立ち上がり頭を下げる。足の痛みはあったが、疲労感はかなり和らいでいた。

「そう。またお腹が空いたらいらっしゃい。営業時間中はダメだけど、それ以外ならなにか作ってあげるから」

楓さんはそんなことを言う。いきなり好きになってしまいそうだ。ああ、このままこの場を去るのは、なんか嫌だ。せっかく久々に触れた人の優しさなのに。

「あ、あのっ。おれ……、そうだ、皿洗い、皿洗いしますっ！　お礼に！」

「んー。ありがたいけど、まだ汚れた食器がないから……」

彼女は周りを見渡して言う。考えてみれば当たり前だ。まだ営業時間前だぞ。

「じゃあ、じゃあ、店の前、掃除します。掃除、得意なんですっ！」

自分に新たな設定を付け加え、おれは楓さんに謎《なぞ》のアピールを行う。彼女はおれの様子をきょとんと見てからクスッと笑い、

「じゃあ、お願いしようかな。奥のロッカーにほうき入ってるから、それで店の前を掃いてくれる？」

と、手元の作業は止めずに言った。

「はいっ」

おれは用事を言いつけられて喜ぶという犬《いぬ》みたいな資質を発揮《はっき》し、ほうきを手に取ると勢いよく表に出た。そしてもう日が沈んだ町並みを眺めながら、特にゴミも落ちていない地面の清掃を始める。

ああ、赤橋楓さん。なんて優しい美人だろう。ここ数日の不運が一気に解消されたようだ。

しかしどうしておれ、こんな状態であんな人と出会ってしまうかなあ。まあ彼女は人妻だから、きちんとした形で出会っていても、どうにかなるものでもないけど。

あの人、年は幾つだろう。趣味はなにかな。本当にまた来ていいのだろうか。

そんなことをずっと考えながら、おれは店の前を端から端まで掃き終わる。

通りでは家路を急ぐサラリーマンが徐々に増え始めていて、暗く染まった道を歩く彼らの様子は、なんとなく今日という日の終わりを感じさせた。やがて楓さんも店からひょっこり顔を出すと、引き戸に『春夏冬中《あきないちゅう》』の札を引っ掛ける。下ごしらえができたのだろう。もう営業時間だ。

さて、おれはこれからどうしよう。ただでさえ少なかった道のゴミもすっかり片付いてしまった。でもこのまま帰るのもなんだか寂しい。そもそも帰るところもないし、それならもう一往復、ほうきをかけようか。なんと言っても、ヒマなら腐るほどある。

そう思ってまたほうきでアスファルトを撫《な》で始めると、一人、サラリーマン風の客がおれを避けて、店の中へ入っていった。それと同時に、おれの頭に響《ひび》く終了のベル。

他に客がいたんじゃ、いくらなんでもこれ以上はお邪魔できない。おれみたいなヤツがいたんじゃ、ほとんど営業妨害だ。

おれは諦《あきら》め、ほうきを手に中へと入る。

そこではスーツの客が席に座り、

「今日はなにがあるの？」

と、楓さんに尋ねている最中だった。

でもさっきおれが楓さんと話したところじゃ、この店のメニューは確か日替わりの一択だったはず。裏メニュー的なものがあるのだろうか？　おれは疑問に思いながら、なるべく客の目につかないように奥へ入り、ほうきを仕舞《しま》うためにロッカーを開けた。

「日替わりメニューのことですか？　今日はぁ……」

後ろでは楓さんが客に説明していた。やはりメニューは一種類。おれはほうきを片付けながらその様子をチラ見する。メニューを知らないってことは新規の客だろうか。

「いや、メシも欲しいけど酒の方。日本酒《にほんしゅ》バーでしょ？　何年か前に来たっきりなんだけど、もしかして変わったの？」

客は尚《なお》も食い下がる。日本酒バー？　ここは定食屋だろ？　おれは首を傾げてロッカーを閉め、ふと足元に目をやった。

そこには冷蔵ショーケースが目立たないように設置してあって、中には何本か日本酒の瓶《びん》が入っている。

これ、売りもの？　定食屋に、ここまでの種類の日本酒が？

「えっと、ちょっと事情があって、いまは食堂してるんですよ。日本酒に詳しい人いなくて～」

「えー。なんだよ。あの人、辞めちゃったの？」

不満そうな客の声。すると楓さんは申し訳なさそうに眉尻《まゆじり》を下げて、左手の指輪に触れた。

しかしおれには疑問が残る。どうして楓さん、ショーケースの中のこれを売らないんだろう？　これ、売りものだよね？　そうじゃないなら、こんなところに保管してないと思うんだけど。

「まあ、いいや。腹も減ってるから、じゃあ、日替わりちょうだい。飲むのは別の店にするよ」

「分かりました。ごめんなさいね」

彼女は軽く頭を下げると、フライパンで調理を始めた。下ごしらえを済ましていたからか、すぐに調味料と食材が混じり合う良い匂いが香ってきた。

「あ、ごめんね。お掃除、ありがと。お腹空いたら、また来てね」

楓さんはフライパンを振りながら、所在なげに佇むおれの方へ振り向く。

どうしようか、と迷いつつ、つい余計なお節介をしたくなるおれ。

「あの、すいません……」

「ん？」

声をかけると、メガネの奥から美しい双眸《そうぼう》がこちらを見つめた。

「いや、余計なことだったら悪いんですけど……。ここの日本酒、売りものじゃないんですか？」

おれが聞くと彼女は手を止め、虚《きょ》を衝《つ》かれたようにポカンと呆《ほう》けた顔をした。

「うん、そうだけど……。詳しい人がいなくなっちゃって。いまは出すのやめてるの」

「…………」

おれはちょっと考えてから、

「あの、差し出がましいんですが、もし今日、お客さんに出すなら、端にある紫《むらさき》のラベルの酒、出したら喜ばれると思いますよ」

と、言った。すると楓さんはおれの予想以上に驚《おどろ》いた表情を浮かべ、

「――どうして？」

と、慎重な口調で問いかけてくる。何故かフライパンはコンロに置かれ、彼女の右手は左手の薬指を撫でていた。

「えっと、今日のメニューは、いかとアンチョビと……、あとは椎茸《しいたけ》とマッシュルーム、ほんの少しだけ、にんにくも使ってますよね。オリーブオイルもあるから、それで炒めてレモンで仕上げるのかな。そういうスパイシーで爽《さわ》やかな料理なら、さっぱ

りした柑橘系《かんきつけい》の吟醸香《ぎんじょうか》に、酸のキレがあるやや辛口な酒が合うんです。それが、この酒なんで……」

どう答えようか迷ったが、おれはセオリー通りに述べる。

「そう……。でもどうして、今日の献立が分かったの？　話してないし、カレー食べたあと外に出たから、見えてもないよね？」

「えっと、まあ、なんと言うか……」

回答に詰まると、

「なんだ、酒、あるんなら出してよ。どんなものでも文句言わないから。何年かぶりに恵比寿の本社にヘルプで来てさ、もう息が詰まりそうなんだよ」

カウンターから客が急《せ》かしてきた。

「あ、あ、はい。じゃあ……」

楓さんは返事をして、ショーケースからおれが指定した銘柄を取り出した。そして棚を開けると、そこから徳利《とっくり》とぐい飲みを選ぼうとする。それを見たおれは、

「あ……」

またも思わず声が出てしまう。

「？　どうしたの？」

「いや……。厚手のぐい飲みよりも、もし薄《うす》い材質のグラスか猪口《ちょこ》があるなら、そっちの方が……。あの、爽やかな香りの酒だから」

「ああ、そういうものなのね」

彼女は食器棚から新しい酒器を取り出すと、改めて客の許《もと》へ持っていった。

「こだわるねえ、兄《にい》ちゃん」

やり取りを見て、可笑しそうに声をかけてくるサラリーマン。酒も出てきて機嫌は良さそうだ。

「いえ……。実家が酒蔵《さかぐら》で、色々と仕込まれてまして。唎酒師《ききさけし》ってご存知です？」

「いや。知らないな」

客はネクタイを緩《ゆる》めながら答えた。

「唎酒師っていうのは、まあ読んで字の如《ごと》くなんですけど、酒を唎《き》く人間のことです。日本酒のソムリエと言えば分かりやすいですかね。お客さんのために料理と合う日本酒を選んだり、いまみたいに酒器を選んだりする技術検定みたいな資格なんです。飲み手の心を知れって、二十歳《はたち》になったとき、親父に無理矢理《むりやり》取らされまして」

「そりゃいいや。唎酒師が選んだ酒とお猪口かい」

彼は酒をキュッと呷《あお》ると、話をしている間に置かれていた料理を口へ運ぶ。すると

みるみる顔が綻《ほころ》び、

「美味いよ」

と、褒めてくれた。ちょっと、こそばゆい思いがした。

その後、おれはカウンターの内側から、そのサラリーマンのお客を相手にして、なんだかんだと話をした。蔵の話をすると喜んでくれて、それを見た楓さんはもうこちらに口を挟まず、調理場の方からやり取りを眺めているようだった。

話を聞くとこのお客さんは以前、東京に出張に来たとき、偶然通りかかったこの店の外観に惹かれて立ち寄ったらしい。そのときに出迎えてくれたマスターが日本酒に詳しく好感が持てたため、今日、また立ち寄ったと言った。

「で、兄ちゃんが代わりのマスターって訳？」

酔いで上機嫌に目を細めた彼は、会計を済ませると、おれにそう聞いてくる。

「あ、いや。たまたまいただけというか、助けてもらったというか」

「なんだそりゃ」

苦笑を浮かべると、その客はそのまま店を出て帰っていった。「また来るよ」、その一言を付け加えて。

引き戸が閉まると、強張《こわば》っていたおれの体から力が抜ける。ああ、緊張した。あのお客さん、三杯ほど飲んで帰ったし、ちょっとは店の売り上げに貢献できただろう。恩返しができて良かった。

ホッと安堵《あんど》の息を吐いていると、

「ありがとうね。助けられちゃった」

楓さんが礼を言ってくれた。

「いや、そんな。あれくらい」

と、謙遜《けんそん》してみるが、内心じゃ、そこら中を飛び跳ねたい気分である。

「でも、よくアドバイスしてくれたよねえ。あのままバイバイって言っておいたら、君、もっと早く帰れたのに」

楓さんは不思議そうに言った。まあ、帰る家もないんですけどね。

「だって、あの、助けてもらったし……。評判悪くなったらいけないと思って。それにこの店、雰囲気も良くて、おれ、好きで。あ、おれなんかに好かれちゃ迷惑かもしれないですけど、最初見たときから、いいなって思って」

「えっ。嬉しい！」

彼女の顔に笑《え》みが咲く。予想以上の反応で、あまりに眩《まぶ》しい。

「それじゃもしかして、ウチの前に倒れていたのも偶然じゃないの？　選んでくれたとか？」

彼女は同じ表情のままそう聞いてくる。普通は嫌がるものだと思うんだけど。

「え、ええ。選んだってのはアレですけど……。でもなんて言うか、ここ作った人のこだわりみたいなのも好きだし、丁寧に掃除も行き届いてたし、店の名前も気になったし、それに……」

「それに？」

首を傾げる彼女は、同じ言葉を反復して二の句を促す。

「それに……。なんか優しい香りがしたから」

頭をかいてそう続けると、楓さんの顔はいっそう綻んだ。

そしてこの直後、おれは住む場所や行く当てや金がないこと、それに自分の特技なんかを聞き出され、

「じゃあ、ウチで働かない？　日本酒に詳しい人と一緒に、ずっとやりたいことがあったの！」

と、まさかのスカウトを受けてしまう。一も二もなく了承したおれは、そのまま『四季』に住み込みで働くことが決定。

そうしてこの日からおれは、楓さんがそのとき語ってくれた夢の実現へ向け、微力

を尽くすことになるのだった。

◎

そして二週間後の現在。

空模様は、おれたちの新たな門出を祝うような晴天だ。突き抜けるような青い空には、柔らかそうな雲が気持ち良さげに泳いでいる。

恵比寿の中心からは外れているけど、整備《せいび》された小道を挟んでアパートや店舗が立ち並ぶ、そこそこ賑《にぎ》やかな一角。そこに『四季』はある。

「これで、よしっ！」

楓さんは店の前にイーゼルを置いて、一仕事終えたようにパンパンと手をはたいた。

そしておれの方へ向くと、にっこりと微笑《ほほえ》みを頬《ほお》に浮かべる。太陽光を反射したメガネはその奥を見せないが、温《ぬく》もりを感じさせる良い笑みだと思った。

「いよいよ明日《あす》ですね」

笑顔に応《こた》えておれが言うと、

「いよいよ明日ですねぇ」

楓さんはのんびりした口調で同じ言葉を返してきて、イーゼルに立て掛けられたブラックボードに目を移した。おれも彼女の視線を追い、それを見つめる。

そこには明日が『四季』のリニューアルオープンであることと、そして当日のメニューが書かれていて、一番下には『日本酒ＢＡＲ』と、店名の枕《まくら》に新たな業種が添えられていた。

そう。『四季』は明日、日本酒バーに生まれ変わる。正確には三年前の営業形態に戻るのだが、復活であることに変わりはない。楓さんが言っていた『やりたいこと』の一つはこれで、おれは蘇《よみがえ》った『四季』のバーテンダーとして雇われたのだ。

おれにとっては渡りに船。桃太郎様《ももたろうさま》からきびだんごを与えられた犬の気分である。必ず恩に報いたいと鼻息を荒くしているが……。

ただ、やはり上手くいくだろうかという不安は付きまとう。バーテンダーなんてこの二週間の間に研修しただけで、ほとんど経験《けいけん》がない。果たしておれなんかで良かったんだろうかと、あの日以来、その考えはいつも頭の片隅にこびりついている。

楓さんは不安じゃないんだろうか。見ず知らずのおれなんかを雇い入れて……。

おれは視線をブラックボードから彼女に戻した。すると楓さんはまだ目を伏せたままで、感慨《かんがい》にふけるように、その細い指をそっとイーゼルに置いている。

どこか物憂げなその表情は陽《ひ》に撫でられ、もはや日常を逸した美しさを持っているようにも見えた。もしかするとそれは自分の勝手な心象風景かもしれないが、でもどことなく中世ヨーロッパの絵画から飛び出してきた一コマのようだ。周囲の空気までが輝《かがや》いて見える。

じっと見ていると、彼女はおれの視線に気が付き、顔を上げてまた微笑んだ。

「食事処『四季』は、明日から日本酒バーとして再出発！　冴蔵ちゃんは果たして、『四季』の救世主となれるだろうか」

彼女は冗談《じょうだん》めかしてそう言った。

「いや、期待が痛いですけど……。でも……」

言《い》い澱《よど》むと、

「『本当におれで良かった？』って聞きたい？」

後ろで手を組み、まるで気持ちを見透かしたように楓さんは言った。

「……はい」

おれが返事をしたとき、くっきりした雲が上空を覆《おお》って影《かげ》を作り、太陽を反射していた彼女のメガネから光を奪う。するとその奥から美しい瞳が覗いて、目が合った。

「いいの」

おれを見たまま、楓さんはきっぱりと言う。真っ直ぐなその視線は実に照れ臭く、おれは彼女から顔を逸らして、指で頬をかいた。

「冴蔵ちゃんなら大丈夫だから。自信を持って」

楓さんは目を細めてそう言うと、

「そろそろ、お昼ご飯にしよっか。作るから、ちょっと待っててね」

話題を変えるようにそう続けた。

「あの、じゃあおれ、店の前を掃除しときますよ。ちょっとでも綺麗にしとかないと」

「お。さすが『四季』の住み込みバーテンダー。働き者ですねえ」

楓さんはからかうように言うと、店の方へ振り返った。

彼女の言うように、おれはいま、『四季』の二階に間借りして働いている。風呂《ふろ》がないので銭湯《せんとう》に通っているが、住み心地《ごこち》は上々。給料は高くないけど、これで賄《まかな》いまで付くんだから、宿無しのおれとしては涙が出るほどありがたい条件だ。

ちなみに楓さんは別の場所にアパートを借りている。労働条件に住み込みを提示されたときは淡い期待に胸が高鳴ったが、それは一瞬で儚《はかな》く散ったことを、念のため、ここに付け加えておく。

店に入る彼女を見届けると、おれは軽く息を漏らす。そして立て掛けておいたほうきを手に取り、店の前のアスファルトを掃き始めた。

ここに来てから、おれは趣味のように清掃を欠かさない。店の清潔を当面の重大任務に掲げているからだが、しかし今日ばかりは掃除をしていてもどこか手に付かず、代わりに頭の中を支配するのは、さっきと同じように明日からの店のことばかりだ。

――無事に店を営業していけるだろうか。

考えられる前準備は全てした。住み込みという利を活かし、毎日深夜まで掃除をしているし、料理のメニューに合わせた酒も選んだ。もちろん、楓さんと相談の上で。あとは楓さんの知り合いの店で少しだけどバーテンダーとして研修も受け、この辺りのバーの相場も調べて値段も相応に設定している。

それに楓さんはのんびりした性格に似合わず、料理の腕はかなり達者だ。伊達《だて》に三年も料理一筋で店を守っていない。助けられたあの日に振《ふ》る舞《ま》われたカレーは、空腹も手伝《てつだ》って人生最高の味わいを感じた。

あとは、おれの接客と、おれの選ぶ日本酒だ。

責任は重大。助けられた恩は返したい。それに……、

――楓さんが相手なら、なおさら。優しさに報いなければいけない。

大丈夫。おれには他人にない武器がある。これを上手く活かせれば。

いや。しかしそもそも、きちんとそれを活かせるのか？　接客すらしたことないおれが……。だいたい……。

……――い。おいコラ、聞いてんのかよ」

ふと甘酸っぱいフルーティな香りが鼻をつき、おれを呼ぶ声に気付く。

慌てて振り向くと、そこにはプロレスラーみたいな体格の男が、おれの視界を塞《ふさ》ぐように立ちはだかっていた。年は四十前だろうか。どうしてか射るような視線で、こっちを見ている。

「あ、すいません。考えごとしていて」

おれは弁解し、表情でなんの用かと問いかける。すると男はポケットに手を突っ込んだまま足元のイーゼルに目を移して、言葉だけをおれに向けた。

「なあ。本当に、日本酒バーに商売替えすんのか？」

低く力みのある声で、男はおれにそう聞いた。

「ええ。明日からです。どうぞよろし……」

「お前がバーテンダーか？」

男はおれの答えを最後まで聞かない。謎の敵意を感じる。

「……はい、そうです。おれが明日からカウンターに立ちます」

答えると、男はおれの頭から足先まで視線を往復させ、首を傾げた。

「ずいぶん若ぇが、……バーテンダー歴は何年だ？　これまでどこで働いてた？」

「あ、いえ……。研修でほんの少しだけですが……」

「なんだと？」

男の顔が険しくなる。いまのどこに怒るところがあったのだろう。

「そんな経験もねえ野郎が、なんでいきなりここのバーテンダーなんてできるんだよ。どういうこった」

「えっと……。この店の前で倒れてるところを、店長に助けられまして……。それがご縁《えん》でお世話になっていますが」

「あ？　お前、まさか同情につけ込んだってことか？」

そう悪意のある表現で言われるとすごいロクデナシのようなのだが、内容としてはその通りなので反論《はんろん》できない。苦い顔をして黙《だま》っていると、男はますます目を吊《つ》り上げて質問を続けていく。

「っていうか、お前よ。助けられてここで雇われたってことは、それまでなにしてたんだよ。もしかして無職とかってことはねえよな？」

「あー、いえ。実家で家業を手伝ってましたが……。なんというか……」

「――逃げ出したのか？」

「まあ、そんなようなもんで……」

曖昧《あいまい》に答えると男はチッと舌打ちして、

「なっさけねえ野郎だ。なんでお前みたいなヤツが……」

と、眉根を寄せてそう言う。でも舌打ちをしたいのは、何回も不躾《ぶしつけ》な質問をされたおれの方である。どう対応したものか困惑していると、

「お前よぉ」

男はおれに顔を向け直し、ずいと近付けた。なかなかの強面《こわもて》に圧倒され、おれはちょっと仰け反る。

「言っとくがな。ここでバーテンダーやるなら、途中で逃げ出すような半端な覚悟でやるんじゃねえぞ。死ぬ気でやれよ。分かってんだろうな、オイ」

「え、ええ、もちろんそのつもりです。明日から頑張って営業していきますから、どうぞよろし……」

「フン」

男は言い残してプイと振り返ると、そのまま向こうへ去って行った。おれはほうきを持つ手を止め、半ば呆然とした気持ちで彼の背中を見送る。

なんなんだろう、あの悪意。この店になにか因縁《いんねん》でもあるのだろうか。敵対しているって訳でもなさそうだけど、さっきの言葉を励ましとも受け取れないし。

うーん。妙な予感がする。

どう頑張っても好きになれそうにない男だった。やっぱり、ああいうのも客になる可能性があるんだろうなあ。正直、あの手の人は遠慮して欲しいんだけど。でもこっちが選べる立場じゃないし。前途《ぜんと》は多難《たなん》だ。

「どうかした？」

考えていると、会話でも聞きつけたのか、楓さんが入り口から顔を出す。

「いや……」

どう答えようか迷う。いまの出来事が、あまりポジティブなものじゃないのは確かだ。なら変な報告をして、オープン前から楓さんを心配させることもない。でも、なんて言う？

「え、えと。——あ、フ、フルーツ」

「フルーツ？」

「いや、あの。いま、お客さんみたいな人が来て、メニューになにか甘酸っぱいフルーツも入れてくれって言われて、それで……」

とっさのことで、妙な回答になってしまう。こんなに機転の利かない男が、本当に接客に向いているのだろうか。

「なにそれ。変なの」

楓さんはぷっと笑う。その通り過ぎて、またも反論できない。きっと顔は赤くなってる。

「それよりさ、冴蔵ちゃん。明日の朝、お料理の仕入れにいくじゃない？」

「？　ええ」

「その前に、付き合って欲しいの。青《あお》クンのお墓参り」

彼女は指輪を触りながら、にっこりと微笑んだ。

◎

——楓さんと知り合った翌日。彼女の更衣室にある仏壇《ぶつだん》の前で、二人《ふたり》して手を合わせていたときのことだ。

しばらくしてつぶっていた目を開けたとき、おれは最初に店で感じたことを不思議に思って、どうして酒を店で出さないのかと楓さんに聞いた。

すると穏《おだ》やかだった彼女の表情には何故だか急に影が射し、そこにはじわりと寂しげな色が浮かべられた。地雷《じらい》だったと感じ、すぐに発言を撤回《てっかい》しようとしたが、彼女はおれが話す前に口を開く。

楓さんの言う『青クン』とは、彼女の十歳年上の夫であり『四季』の初代店主、赤橋青葉《あおば》さんのこと。人懐《ひとなつ》こい笑みで仏壇の写真に収まっているその人だった。迂闊《うかつ》にもおれは、仏壇に祀《まつ》られている人が誰かも分からず手を合わせていたのだ。

楓さん曰《いわ》くは真面目《まじめ》で働き者。友人知人からの信頼《しんらい》も厚く、そしてなにより日本酒が好きで、とても詳しかったという。その評価にはかなり贔屓目《ひいきめ》も入ってるんじゃないかとおれは思ったが、そこは黙っておいた。

そんな勤勉な青葉さん。日本酒好きが高じて、とうとう五年前、不動産業を営むお兄さんの伝手《つて》で店舗を借り、夢だった日本酒バーを開店。おれと同じ、唎酒師の資格も持っていたようだ。

経営は順調だった。青葉さんの知識と楓さんの料理で、かなりの常連客も摑《つか》んでいたらしい。

しかし、禍福《かふく》はあざなえる縄《なわ》のごとし。店が開店してから一年と数ヶ月後。Ｓｈｉｋｉという名は死期と変わり、青葉さんに襲《おそ》いかかった。

開店の準備をしていた三年前の夏。青葉さんは突然吐血して意識を失い、そのまま救急車で運ばれてしまった。原因は末期の食道癌《がん》で、既に手術も不可能なほど進行、転移していた。どうやら店が気になり、青葉さんは病状を隠していたらしい。

診断を聞いたとき、楓さんは『この世が終わると思った』くらい愕然《がくぜん》としたと、おれに語った。気付かなかったことを悔いながら、しかし彼女は諦めず、伝手を頼ったり、違う病院の医師に話を聞きに行ったりと、青葉さんの治療《ちりょう》の道を探り続ける。

しかし、ときはあまりにも遅すぎた。

秋を迎える頃には青葉さんは立つことも覚束《おぼつか》なくなり、やがて黄葉《こうよう》の季節になると楓さんは担当の医師から、青葉さんが非常に困難な状況にあり、覚悟をしておくようにと告げられてしまう。

そして医師の言葉通り、青葉さんはそれから数日後の深夜に容態が悪化すると、祈り虚しく帰らぬ人となってしまった。

「あのときは、恥ずかしいことしちゃったなあ」

当時のことを聞かせてもらっているとき、楓さんは照れながらそう言った。

最期のとき、混濁《こんだく》とした意識の中にあって青葉さんは、楓さんの手をきゅっと握りながら、静かに息を引き取った。そのときの病室は心電図の無機質な音以外はシンと静まり返っていたが、医師が彼の臨終《りんじゅう》を告げると、楓さんは自分でも過去、記憶《きおく》にないというくらい、大きな泣き声を上げたという。

医師や家族がなだめても彼女はそれを振り払い、青葉さんの遺体《いたい》にしがみつき、ずっと離《はな》れず泣き続けていた。時間が経《た》ち、朝を迎えても涙が涸《か》れることはなく、楓さんはずっとずっと咽《むせ》び続けた。やがて、疲れ果てて意識がなくなってしまうまで。

たぶん病院中に泣き声が聞こえていたと思う。

彼女は悪い点数のテストを見せる子供のように、照れながらそう言った。

おれは楓さんの心中を想像しながら聞いていたが、しかし耐え切ることができず、話が終わると思わず目を伏せた。そして赤くなった目をそのまま隠して、できるだけ厳《おごそ》かに聞こえる声で、

「青葉さんの代わりを務められるように、精進致します」

と、言った。

「なにそれ」

楓さんは口の中でなにかを噛《か》むような仕草をする。

「いや、なんと言うか、世間に恥じない所信表明というか、青葉さんの代わりを務める覚悟を……」

マズいことでも喋《しゃべ》ったのかと思い口の中をモゴモゴさせると、楓さんは堪《こら》えられなくなったのか、膨らませた頰をプッと噴き出し、そのままお腹を抱えて大笑いした。

「そんな言い方、する人いないよ。不自然」

と、ひとしきり笑い、彼女は息も切れ切れにそう言う。そこまで笑わないでいいじゃないかと思うと、

「ああ、可笑しい」

彼女は瞳に溜《た》まった涙を指で拭《ぬぐ》った。頭の悪いおれには、その綺麗な雫《しずく》がいまの笑いによるものなのか、それとも青葉さんのことを思い出してしまったからなのかは、分からなかった。

青葉さんが亡くなったあとの『四季』は、先述の通り。しばらくの休業のあと、店は営業形態を変えて食事処となり、今日までずっと楓さんが一人で守っていた。

「冴蔵ちゃーん。起きてるー？」

翌朝。『四季』のオープニングの日。墓参りに着ていく服を迷っていると、下の階から楓さんの声が聞こえてくる。

「起きてますよー。いま行きますー」

返事をしつつもまだ迷う。まあ、選ぼうにも持ってきていた服はジーンズにスニーカーしかないんだけど。支度金としてもらったお金じゃ礼服は買えないし。アメカジ好きがこういうところで祟《たた》ってしまうとは思わなかった。

まあ、しょうがない。少しカジュアルでも青葉さんは分かってくれる。たぶん。

そう思い、多少は畏《かしこ》まって見える服をチョイスしてそれに身を通し、おれは部屋《へや》のドアを開けた。

扉の向こうには板敷《いたじ》きの廊下があり、その先には階段がある。そこを下りたら建物の一階部分、『四季』の店舗だ。ちなみに二階には部屋が三つ。楓さんの更衣室に倉庫、そしておれの部屋だ。

「お待たせしました」

階段を駆け下りると、いつもの楓さんの香りが漂ってくる。

「ごめんね。早くに。どうしても今日、行きたかったから」

「いえ。今日の報告は当然ですよ。オープン日だし。おれの方こそ気が付かなくて、ごめんなさい」

スニーカーをつっかけながら返事をすると、

「じゃ、行きましょうか」

麦わら帽子にワンピースの楓さんは、左手の薬指に手を添えながら言った。おれは頷《うなず》くと店を出て、自転車を押す彼女のあとを付いていく。

今日も天気は、春らしい柔らかな晴天だった。風は緩やかな向かい風で、前を歩く楓さんのポニーテールとスカートをふわふわと揺らしている。

平日の日中は、人通りもまばらだ。目眩《めまい》がするほど自分の周りは平和である。実家にいた頃は有り得なかった、この感じ。ああ、思い出すのも恐ろしい。

店がオープンしたら、この穏やかな気持ちに充実感とかも加わるんだろうか。いや、失敗して喪失感とか敗北感とか、そういうものかも……。

思考がマイナスに陥りかけたとき、

「着いたよ」

自転車を停《と》め、楓さんはこちらを振り返る。そこにあったのは、思っていたよりも規模の大きな寺だった。

楓さんとおれは中に入って、寺の裏手に回る。するとそこは霊園《れいえん》のようになっていて、たくさんの墓石がひしめくように並んでいた。

楓さんは慣れた様子で墓の間を縫《ぬ》って進むと、目的と思しき一基の前で足を止める。

おれもすぐに追いつき、楓さんの後ろからそれを見据えた。

赤橋家之墓。

墓石にはそう刻まれてある。花立てにはまだ新しい花が供えられており、葉から雫をしたたらせていた。

「お義兄《にい》さんかな」

楓さんは花を一瞥《いちべつ》して微笑みを浮かべる。そして桶《おけ》から柄杓《ひしゃく》で水をすくい、墓に注いだ。彼女の表情は、いつものように静かで穏やかだった。

楓さんとおれは持参のたわしで墓をこすり、汚れを落とす。しかし普段《ふだん》から手入れは行き届いているみたいで、墓をピカピカに光らせるまでにほとんど時間はかからなかった。

「青クン」

楓さんは清めを終えると、墓に向かって屈み、手を合わせる。おれもそれに倣って合掌《がっしょう》し、目を閉じた。すると前からは線香の濃《こ》い香気が漂ってきて、それは何故か楓さんと同じ香りがした。

「『四季』は、今日から日本酒バーとして蘇ります。いい人がスタッフに来てくれました。北条冴蔵さんっていうの。青クンと同じ唎酒師」

楓さんの言葉は続いていく。淡々としているけど、重みのある口調だった。

「青クンは、『四季』を日本一の日本酒バーにするんだって言って、ずっと頑張ってたよね。でも途中でリタイアしちゃって、悔しかったと思う。だからその夢は、今日からわたしが引き継ぎます。必ず、『四季』をそうしてみせるから」

楓さんはここで一呼吸置いてから、

「だから、見守っていてね」

と、話を結んだ。語尾がほんの少し、震《ふる》えていた気がした。


——あの日。彼女が青葉さんの亡くなった経緯を聞かせてくれた日だ。

楓さんは彼が亡くなったあと、しばらくして再開した『四季』に言及する。

実はリスタートした『四季』でも、当初は日本酒を出していたらしい。しかし料理を専門にやっていた楓さんは日本酒の勝手が分からず、それまでと比較して様々な面でサービスの質を低下させてしまった。

だが新たに酒のことを覚えようにも、店を一人で切り盛りしなければいけないために時間がない。しかも調理中はカウンターに立てないし、来店する客は青葉さんのサービスを目的にして来ている人も多かった。

結果として客足は遠のき、『四季』は日本酒バーとしての評判を落としてしまう。そして楓さんはそのことを深く後悔。それから酒類を出すことを止《や》め、彼女は自分の得意な土俵で『四季』を守ってきた。いずれの復活を夢見て。

「それに、日本酒を見るのが恐《こわ》かったっていうのも本音かな。青クンを思い出しちゃうから」

彼女は最後、そう付け加える。ならもう大丈夫なのかと問いかけてみたが、彼女は苦く笑うだけで答えなかった。

――楓さんはいま、どんな気持ちで青葉さんの眠る墓と対峙《たいじ》しているのだろう。どんな気持ちで『四季』を日本酒バーに戻すんだろう。果たしてバーテンダーがおれなんかで、本当に不安がないのだろうか。

おれは楓さんの顔を見るのが恐く、少しの間、目を閉じたままだった。線香の匂いに揺れを感じないので、きっと楓さんも手を合わせたまま動いていない。

おれたちは、しばらくそのままでいた。楓さんの気が済むまで、そうしていようと思った。

時間は静かに過ぎていく。おれは片目だけ薄く開けて、線香の煙漂う墓を見つめた。

青葉さんはあの世で、いまのおれたちをどう見ているかな。もしかしたらおれのこと、楓さんに近付く疎ましいヤツだと思っているかもしれない。

もしそうなら、ごめんなさいと謝《あやま》るしかないけど。でも、できたらおれの気持ちも、少しでいいから分かって欲しい。青葉さんと楓さんの間に割って入ろうとは思っていないけど、せめて店は彼女のために頑張りたい。それは自分のためでもあるし、恩にも報いたいし、それに……。

それにようやく、おれを必要って言ってくれる人に出会えたんだ。実家の蔵にいるあの人以外じゃ、たぶん人生で初めて。だからもし気に障っても、一つ同情でもしてやるような気持ちで、あんまり怒らないで欲しいな。お前に『四季』のバーテンダーが務まるのかって言われたら、もう言い返せないけど。

おれは心の中で、まるで許しを請うようにずっと一方的に話しかけていた。

時間にしてどれくらいだろう。五分くらいは経っていたかもしれない。やがて後ろの方から別の参拝客の声が聞こえてくると、

「報告終わりっ」

それを合図にしたのか、楓さんは立ち上がり、いつもの笑顔でこちらを向いた。

「青クン、きっと喜んでるよ。『四季』が日本酒バーに戻るって。冴蔵ちゃんのお陰

だね。ありがと」

「いや、礼を言うのはおれの方で……。でも」

「でも？」

楓さんはおれを覗き込む。その屈託のない視線に続きを言い澱むと、

「『本当におれで良かった？』って、言いたい？」

昨日と同じことを、楓さんはまた聞いた。おれは観念するような思いで、首を縦《たて》に振る。

「言ったでしょ？　大丈夫」

「でも……」

不安を口調に込めると、楓さんは困ったような苦笑いを浮かべた。

「あのね。わたし、冴蔵ちゃんと会えたのは運命だと思うんだ」

彼女の美しい表情とその言葉に、おれは自分の心臓《しんぞう》が一つ、高鳴るのを感じた。

「う、運命って言っても、そんな……」

「ううん。家出してお金も住むとこもない蔵元の息子の唎酒師が、よりにもよってウチの前で行き倒れるなんてさ。絶対に、運命だと思う」

「あ、そっちですか……」

楓さんの力説に、がっくり項垂《うなだ》れるおれ。まあ、彼女から色恋めいた話を聞けるはずもないんだが。

もっとも三年もの間、試行錯誤《しこうさくご》を重ねながら食事処として店を守り、日本酒バーとしての復活の機会を窺《うかが》っていた彼女のことだ。おれの持つ知識や資格、特技の方に運命めいたものを感じるのも仕方がない。それに確かにおれという人間は、境遇や能力を含めて、雇い入れる上でなにかと都合が良かっただろう。

「それにね」

話を続けながら、楓さんは一歩、おれに近付いた。

「冴蔵ちゃんはねえ、接客業、けっこう向いてると思うよ」

「いや、根拠が分からないし……。あと何回も言ってますけど、いい加減におれのことをちゃん付けで呼ぶの止めてくださいよ」

いまのだって、キャバクラのスカウトみたいになっちゃってるし。

「根拠かあ……」

苦い顔をして言うと、楓さんは首を傾げた。ちゃん付けの件は無視のようだ。

「カンかな」

「……カンですか」

明確な根拠を挙げて太鼓判を押されるとは思っていなかったが、予想以上に曖昧な理由で、おれはまたがっくりと肩を落とす。

「わたしのカンは当たるんだよ。青クンと会ったときも、この人だって思ったし。冴蔵ちゃんも青クンとちょっと似てるの。だから」

前置きのようにそう言うと、彼女はおれの手を取って、ぎゅっと握った。

「頼りにしてるよ。期待の喇酒師さん」

「……え。あ、は、はい、はい！」

ドキドキしながら、おれは返事をした。想像以上に声が大きくなっていて、我ながら少し驚く。握られた手から目を上げて楓さんに視線を移すと、その顔には屈託がまるでなくて、それを見るおれに疚《やま》しさが生まれてしまうのは、もしかして心が汚れているからだろうか。

楓さんはそんなおれを見てクスッと笑うと、

「今日は、付き合ってくれてありがと。どうしても冴蔵ちゃんを、紹介しておきたかったから」

と、優しい笑みを浮かべた。

「……いえ。来られて良かったです。おれも挨拶《あいさつ》しておきました」

「冴蔵ちゃんも？　なんて？」

「えっと……」

まさか内容を聞かれるとは思わなかった。しかし思っていたことをそのまま言う訳にもいかない。おれはちょっと考えて、

「線香が良い香りですねって……」

と、また自分でも意味不明なことを喋った。

◎

お昼過ぎまで数軒のスーパーをはしごして、営業用の食材を買い込んだおれたち。

だけど買い物袋は自転車のカゴだけには収まらず、野菜や水など、入らなかったものはおれが手に持つハメになってしまう。両手にずっしりかかる重量は、男のおれでも、けっこうキツい。

「ごめんねえ、冴蔵ちゃん。ちょっと買い過ぎちゃった」

自転車を押しながら、楓さんは眉を八の字に落として言った。

「ああ、こんなのは全然平気ですよ。気にしないでください」

おれは涼しい顔を作って強がる。悲しい男の性《さが》である。

「でも楓さん。食材、こんなに買って大丈夫ですかね？　余らないですか？」

「大丈夫よ。きっとみんな、戻ってきてくれるから」

「みんな？」

「うん、みんな。青クンがカウンターに立っていたときの、常連さんたち。住所が分かる人には、手紙を出しておいたの」

ニコニコと屈託なく楓さんは笑う。素人《しろうと》ながら、昔の客がそんなに簡単《かんたん》に戻るのだろうかと思ったが、おれは相づちを打つように笑って応えた。

「お酒も、もう冷蔵庫に入れてあるし。あとは開店時間までに仕込みをしないとね」

「ええ。頑張りましょう」

おれはそう返事をして、震える腕に気合いを入れる。店まであと少し。ゴールは近い。そこの角を曲がれば『四季』が見えるはずだ。

こめかみに血管を浮かべながらしばらく歩くと、

「あ」

角を曲がったところで、楓さんがふと立ち止まる。

このゴール直前に、どうしたんだ？　そう思い彼女の視線を追うと、そこには昨日会った、剣呑《けんのん》な雰囲気のゴツい男がいた。また、『四季』の前に立てたイーゼルを凝《ぎょう》視《し》している。

これは、ヤバい。なんか昨日のことで腹を立てて、もう一度こっちに来たのかもしれない。あの体格の人がキレて暴《あば》れたら、今日のオープニングがメチャクチャになってしまう。開店前になんて試練だ。

万一のときには、体を張って楓さんを守らねば。と、おれは義に生きる男の覚悟を勝手に誓うが、

「お義兄さーん」

楓さんはのんきな口調で、相手に手を振る。すると『おにいさん』と呼ばれたそのゴツい男も軽く手を挙げ、そして互いに距離を寄せた。

なんだ？　兄妹《きょうだい》？　いや、それにしちゃ呼び方が畏《かしこ》まってるし、もしかしたら青葉さんの兄貴？

おれは尚も警戒しながら、楓さんのあとに付いていく。緊張からか、意識の中に買い物袋の重みは消えていた。

「お久しぶりです。来てくれたんですねえ」

ニコニコ話す楓さんと、

「ああ。昼飯食ったから、様子を見に、な」

つっけんどんに答える男。どうでもいいが昼にはなにを食ったんだろう。酸味の効いた匂いがツンと香ってくる。

「冴蔵ちゃん。こちら、義理の兄の赤橋和博《かずひろ》さん。青クンのお兄さんで、お店の大家さん。昔はよく、『四季』で飲んでくれてたのよ」

楓さんが紹介してくれる。

「あ、そうだったんですね。実は昨日、ちょっと店の前で話したんですよ」

おれは彼女にそう告げ、

「北条冴蔵です。よろしくお願いします」

和博さんに、自己紹介する。でもやっぱり彼は目も合わせてくれず、表情でおれへの反感を強く示した。どうしてここまで嫌われてるんだ。

楓さんはおれたちを交互に見て漂う空気を察すると、少し苦笑して話題を変えた。

「お義兄さん。せっかくいらしてくれたんですけど、今日、営業は四時からなんですよ。それまでは料理の仕込みとかあるんで……」

「別に、飲みに来た訳じゃねえよ」

そう言って彼は楓さんの言葉を遮ると、

「なあ、本当に楓ちゃんが雇ったのか？　そのガキ」

と、ポケットに手を突っ込んで、チラリとおれを見た。彼の敵意はどうもおれ限定のようである。恨まれる覚えが全くないが。

「うん。いい人だし、日本酒に詳しいから」

楓さんは和博さんの敵意を柔らかく受け止めて、微笑みを向けた。

「あ、そうそう。日本酒バーだったときの常連さんにも、手紙を出してるんですよ。よかったら和博さんからも声をかけて、一緒にいらしてください」

「来ねえよ、誰もな」

和博さんは楓さんの話を否定して、

「なあ、やっぱり俺《おれ》は納得できねえよ、楓ちゃん」

と、続けた。

「あら。なにが？」

「なにがって、そりゃ……」

楓さんに正面から見つめられた和博さんは、答えに窮《きゅう》する。その様子は彼の持つおれへの嫌悪が、理屈によるものではなく感情的なものだと示すように思えた。

「……いいか、楓ちゃん」

和博さんは自分を落ち着けるように、声のトーンを落とす。

「青葉と常連だった連中の仲は知ってるだろ？　俺だって仲がいいヤツが何人もいる。あのときのやつらは全員、青葉とは客であり仲間だった。だからこんなガキが青葉の代わりっていうのが、納得できねえんだよ。俺も含めてな」

「じゃあ、冴蔵ちゃんとも仲良くなってくださいよう。青クンと仲良かったんですから、冴蔵ちゃんとも仲良くなれますよ」

　楓さんは口を尖《とが》らせる。

「俺が？　冗談言うな」

「冗談なんかじゃないです。青クンも冴蔵ちゃんも同じ唎酒師だし、きっと似てるとこあると思うんですよねえ」

「ねえよ」

　和博さんは断言すると、楓さん越しにおれを睨《にら》み付けた。

「北条っつったな」

「え、あ、はい」

　気圧《けお》され、戸惑いながらおれは答える。

「お前よ、『四季』にとって青葉がどれだけかけがえのない存在だったか、知ってるか？　ちゃんと理解して『四季』のカウンターに立つのか？」

「い、いえ……、詳しくは。勤勉な人だったとは聞いてますけど……」

「勤勉だったよ。でもそれだけじゃねえ」

言うと和博さんは視線をおれから外し、店の名が入っている日よけ幕を見つめた。

「青葉は客との機微に聡《さと》かった。バーってのは新規の客じゃなくて常連が支えるもんだからな。あいつは常連の客たちを上手く繋《つな》ぎ合わせて、一つの共同体みたいなのを作り上げてた。サークルみたいな感じだったよ。俺も入れてもらって、久しぶりに楽しかった。休みの日はみんなで外に繰り出してな。あいつが入院したときも、病室にはひっきりなしに見舞客が来てたもんだ」

和博さんは一気にまくし立てる。不満をぶつけると言うより、昔を懐かしんでいるようにも見えた。

「あいつは客と喋っててても退屈させねえし、なにより目敏《めざと》かった。俺の気分に合わせて、飲みたい酒も選んでくれたよ。なにも聞かずに」

そこまで言うと、和博さんはおれに目を戻す。

「いいか。青葉の代わりをするってことは、お前にそういう真似《まね》ができるかってことだ。前、常連だったやつらはみんなそう思ってる。新しく入ったガキに、青葉の代わりができる訳ねえってな」

和博さんはそう言って、話を結んだ。楓さんとの会話にあった、「常連は誰も来ない」ってのは、そういう理由からか。

でもおれにしたって、ここまで言われて黙っている訳にはいかない。沈黙は彼の意見を肯定してしまう。

「えっと……。あの、確かに、おれは接客業が初めてです。頭だって良くはないし、迷惑をかけることもあると思う。だけどやる気はあるし、日本酒の知識なら並以上に持ってます」

「青葉よりもか？」

「……比較したくないです」

「へっ。自信がねえってか」

和博さんが挑発的に口角を上げると、

「まあまあ」

おっとりとした口調が割って入ってきて、雰囲気を和らげた。

「お義兄さん、あんまり冴蔵ちゃんをいじめちゃ嫌ですよ。一生懸命《いっしょうけんめい》やってもらってるんですから」

「一生懸命やったって、青葉の代わりになれる訳じゃねえ。前の常連たちが求めているのは、青葉のいる『四季』だ。確かに店は楓ちゃんの好きにしていいって言ったけど、限度ってもんがある。俺たちを納得させられるあいつの代役なんて、そうはいねえんだ。違うか？」

「そりゃあ、青クンは気配りの人だったから～。わたしもアレにやられちゃったのよねえ」

照れ臭そうにして楓さんは頬に手を当てる。なんでこの空気でノロケが出てくるんだ。

「でもね」

彼女は頬から手を外すと、じっと和博さんを正視した。

「冴蔵ちゃんも、きっと良い接客ができると思うんです。いきなり青クンみたいには無理かもしれないけど、いつかきっと良いバーテンダーになれますよ」

「なんだよ。そのガキにえらいご執心じゃねえか。当の本人は自信なさそうだぜ」

「でも、わたしには自信があるんです」

楓さんの表情は相変わらず柔和なものだったけど、でも頬には挑むような笑みが浮かんでいた。ああ、おれはいま、この人に守られているんだと思った。

「言うじゃねえか」

和博さんはおれと楓さんを見ると、

「じゃあ、一回、試してやる」

腕を組んでそう言う。

「試す？」

おれが首を傾げると、和博さんは『四季』の入り口を指差した。

「今日の四時に開店って言ってたよな。なら、そのちょっと前の時間に、一回だけ客として来てやる。そこで俺を満足させてみろ。青葉の代わりなら、できるよな」

「……好みの酒とかは？」

「自分で考えな。青葉なら、俺の好みなんか全部知ってたぜ」

ニヤリと笑う和博さん。ムチャクチャな要求だ。満足する気のない人間なんて、どうやったって納得させられる訳がない。

断ろうと口を開きかけると、

「いいですよ」

「えっ」

おれの代わりに返事する楓さん。驚いて彼女に目を移すと、楓さんは臆することなくいつもの笑顔で、和博さんを見つめていた。

「きっと冴蔵ちゃんは、お義兄さんを納得させられると思うの。わたしもお料理頑張るから、大丈夫よ」

「いや、ちょっ……」

「なら、決まりだな。俺が満足できなきゃ、そいつは店から出て行ってもらう。大家としても義兄としても、店子《たなこ》の経営が間違っちまうのは見過ごせねえ」

「えっ、そんな……」

「分かりました。でも納得したら、ちゃーんと昔の常連さんたちに言っておいてくださいよ。『四季』はこれからも大丈夫だって。無理だったら、また食事処に戻しますから」

「ええっ！」

おれは楓さんと和博さんを交互に見ながら驚きっ放しである。どうしておれの意思に関係なく話が進んでいくんだ。

「じゃあ、決まりでいいな」

ニヤリと口角を上げる和博さんを、

「ええ、四時前にお待ちしていますね」

穏やかに受け止める楓さん。なんだか一方的に和博さんが火花を散らしているように見える構図である。

「なら、そういうことで、お前もいいな？」

彼は楓さんから目を外し、そう言っておれを見つめる。

「いいって言うか……。ちょっと条件を……」

「なんだよ。店長様の意見に背こうってのか？」

「いや……」

答えに困って楓さんに視線を移すと、彼女は黙ってコクリと頷く。どこから湧《わ》いてくるんだ、その自信。

「……分かりました」

「それでいいんだ」

和博さんは満足そうな表情を見せると、

「じゃあ、楽しみにしてるぜ。さ・く・ら・ちゃん」

そんな言葉を残して去って行く。なんてこった。二日連続であの背中を、呆然と見送るハメになるとは思わなかった。

やがて和博さんの姿が見えなくなると、おれは「はあ」と息を漏らす。なんだか心が鉛のような疲労感に侵されているようだった。

だいたいどうするんだ、この状況。あの人、四時前に来るって言ってたぞ。必要な対策が全然分からないし、そもそも勝機のある勝負なのか、これ？

「ごめんねえ」

思案していると、楓さんが眉尻を下げて謝った。和博さんの挑発を受けたことかと思ったら、

「重かったでしょ？」

と、おれが持つ買いもの袋に目をやる。あ、と思った瞬間、忘れていた重みがズシリと両手にのしかかり、「あお……」という謎のうめき声が口から漏れた。

「と、とりあえず、中、入りましょっか？」

おれは涙目になって、楓さんに言った。なんかもう、なにもかもが想定外だ。

◎

手のひらには買いもの袋の重みでシワが刻まれ、それは濃い青紫に変色していた。穿《は》いているジーンズに手をこすりつけて痛みを和らげていると、

「今度からは買いもの、二回に分けなきゃねえ」

楓さんは苦笑いで言う。彼女は既に下ごしらえに必要な食材を取り出し、カウンターの端にある調理場で作業を行っていた。

優しい人ではあるが、しかし彼女が時折見せるムチャは本当に心臓に悪い。おれを雇う暴挙《ぼうきょ》といい今回の件といい、青葉さんも草葉の陰からヒヤヒヤしてるんじゃないだろうか。

おれは手の痛みが引くまでの間、椅子《いす》に座り、思案にふけりながら周りを見回す。

店内は何度見ても、日本酒バーという業種に合った、尖った個性を感じる空間である。外観もさることながら、内装も木を基調にデザインされており、徹底的に和を意識した造りだ。

席はカウンターに十だけとやや少ないが、しかし左右に充分な余裕があるし、カウンター幅は七十センチと広めに取っている。日本酒と料理を楽しむダイニングバーであるため、皿を置くスペースを確保してあるのだ。

更に客席の後ろの壁《かべ》には、一面に白梅《しらうめ》の屏風絵《びょうぶえ》が描かれており、営業時間になると、それは吊り下げられた提灯型《ちょうちんがた》ランプで照らされるようになっていた。それが間接照明となり、店内の光源となっている。

ちなみにこの屏風絵は正岡子規の俳句から連想して描かれたものらしい。壁の隅にはその句、『白梅やゆきかと見れば薫《かお》る枝』と、達者な字で書かれている。

青葉さんのこだわりやセンスが、これでもかというくらい詰め込まれた店の内装である。店を出すのが夢だったという気持ちが伝わってくるようだ。

こんな風に見ていると、彼の『四季』への愛情が感じられ、志半ばってのはやっぱ悔しかっただろうなあ、と、いつも思う。ましてや、あんな気の優しい美人を置いていくなんて。

おれは首を回して楓さんを見た。彼女はいつもの明るい表情のまま、シンクの中に入れた手を忙《せわ》しなく動かしている。

「わたしになにか付いてる？」

ついガン見していると、楓さんが目を上げてにっこり笑った。

「あっと、いや。あの、さっきの、和博さんのこと」

おれは慌てて話題を作る。

「お義兄さんの？」

「そ、そう。どうして楓さんが受けて立ったんだろうって、不思議で。なんか勝算でもあったんですか？」

「もちろん」

「へえ、どんな」

　身を乗り出すと、

「カンかなあ」

　いつもの返事。聞いたらいっそう心配になってくる。

「だいたい、どうするんですか。和博さん、もし満足したとしても、きっとしてないって言いますよ。おれのこと、嫌ってる感じだし」

「お義兄さんはそんなことしないよ。男らしい人だもの」

「どうだか」

　おれは投げやりにそう言って、椅子から立ち上がった。

「――だいたい、やり方が汚いですよ。気に入らなかったら出て行けって、ほとんど脅しじゃないですか」

　言いながら手の痛みの引きを確認すると、おれは布巾《ふきん》を取ってカウンターの掃除を始める。

「あら。冴蔵ちゃんならできると思ったんだけど。時間だって営業時間前だから、お義兄さんに集中できるでしょ？」

「そりゃそうですけどね。でも、だいたい営業時間前ってのも非常識だと思います。準備で慌ただしいときなのに」

「普通は、そうね。でも、きっとあれはあの人なりの優しさよ。悪い結果になったとき、他《ほか》にお客さんがいたら、もしかすると営業妨害になっちゃうかもしれないでしょ？」

「そりゃ、まあ……」

「それにあの人、近所で不動産会社を経営してるんだけど、確か定時は五時半。四時前に来るには、会社を早退しなきゃいけないし」

おれは手の動きを止めて、顔を上げた。

「確かに……、そうですね」

考えてみればそうだ。和博さんがただ悪態《あくたい》を吐《つ》いておれを追い出したいだけなら、無理せず会社を終えてから来たらいい。なにも早退してまで来店する必要なんてないんだ。

「お義兄さん、良い人だけど口が悪いの。昔からそう。ホントは『四季』のこと、誰より心配してくれてるのよ。この店だって、格安で貸してもらってるんだから。あんな言い方しかできないけど、あれだって愛情の裏返し」

楓さんはシンクの中で野菜を洗いながら言って、

「元々、昔の常連さんへの念押しを頼もうと思っていたし、冴蔵ちゃんを認めてもらう上でも、今回のことはちょうどいいの」

と微笑むが、しかし笑えないのはこの状況だ。和博さんの本音がどこにあるのか分からないが、それに対する手立てが思い浮かばない。こちらに対して悪意を持っているのは間違いないし、そんな人にどう対応したらいい？

こんなとき、経験のあるバーテンダーならなにか策を講じられるんだろうか。

経験のあるバーテンダー……。

「——楓さん」

名前を呼ぶと、彼女は目を上げておれを見つめる。

「あの……。青葉さんって、こんなときにどうしてました？　自分が苦手な人が客に来た場合とか……」

質問を口にすると、楓さんはまるでそれを待っていたかのように、顔を綻ばせる。

「青クンはね、どんなお客さんでも、相手をまず好きになるって言ってたよ。好きな人が相手なら、その人の立場で考えられるって」

「相手を好きに？」

問い返すと、彼女はコクリと頷いた。

「そう。受け取るには、まず与える。お商売の基本だって。好きになってから好きになってもらうの。そうやって相手と信頼を深めて、長いお付き合いにするんだよ」

回答に澱みがない。彼女の言葉はきっと用意されていたものだ。

「嫌いな相手でも、好きになれってことですか?」

「そうよ。プロならね。お客さんが全員、冴蔵ちゃん好みの人ならいいけど、そういう訳にもいかないでしょ? もちろん、限度はあるけど」

にっこり微笑む楓さん。しかし言葉は重くのしかかる。

プロなら……。

「全部、青クンの受け売りだけどね。掃除は、まだいいよ。座ってて」

楓さんは照れ臭そうに舌を出し、おれに着席を促す。

考える時間をくれたのだろうか。じっとしてるよりも動いていたかったが、なんとなくいまは、彼女に従った方がいい気がした。

おれはそのまま椅子に腰掛け、青葉さんがそうしたというように、相手の立場になって考えてみる。

たとえばおれが客とする。バーがあったので入ってみる。

その場合、ほぼ無意識の内に、まずは自分が好意を受け取る側だという認識になっているだろう。当然、おれがその店を気に入るかどうかはスタッフ次第になる。

じゃあもし、スタッフから好意を感じられなかったら？　あまつさえ嫌われていると思ったら？　それが原因でサービスの質が悪くなっていたら？　逆に好意を感じ、サービスが良いと思ったら？

青葉さんの受け売りという彼女の言葉は、そんな視点からも的を射ているように感じられた。反論も思い付かず、おれは自分が持っていた認識の甘さを痛感した。

経験の浅い深いは関係ない。カウンターに立つ以上、おれはもうプロなんだ。

楓さんは恐らくおれの甘さに気が付いていた。

彼女の言う「ちょうど良かった」というのは、おれの認識を改めさせる意味でもそうだったんじゃないだろうか。現におれは無意識の内に感情や憶測《おくそく》を優先し、和博さんに対して良いサービスをしようという意欲を失いかけていた。

「……和博さん、青葉さんは優秀なバーテンダーだったって言ってましたよね。その通りだと、いま、おれも思いました」

思ったことを口にすると、

「でしょ？　でなきゃ、わたしが惚《ほ》れるもんですか」

楓さんは笑い、少し頬を赤くして人参《にんじん》を刻み始めた。

素早《すばや》く動く彼女の手元を見ながら、楓さんも料理人としてプロなんだなあと思った。客からの、『「四季」に来たら美味い食事を食わせてくれる』という信頼に応えているんだ。

感情を超えて良い仕事をしなければいけない。趣味ではなくプロだから。おれの考えは素人のそれで、甘ったれていたとしか言いようがない。

考えろ。相手の立場に立って。和博さんはおれになにを求めている？　この問題の解決が、きっとおれが登るプロという壁への第一歩になる。

まずは、味の好み。ここが分かれば、なにか突破口が……。

「あ」

そうだ。味の好みなら、ちょうどいいサンプルがある。

「そう言えば楓さん、青葉さんがいたとき、和博さんがどんな酒を飲んでたかって分からないです？」

聞くと楓さんは、申し訳なさそうに眉を下げた。

「ごめんねえ。お酒とかカウンターのことは、青クンが全部やってたから」

「じゃあ食事処になってから、なにか味の好みについて言ってませんでした？」

「えーっと」

楓さんは記憶を手繰《たぐ》るように上を向き、

「……たぶん、言ってなかったと思うなあ……。あんまりお喋りな人じゃないし」

苦笑いでそう言った。

「そうですか……」

ヒントがあると思ったが、空振りか……。

食事処としての『四季』は、メニューが日替わりの一択。メニューの種類が多ければ、なにを選んで食べたかで、そこから好みを探ることもできたが……。

そう言えば、食べもの？　昨日は確か……。

「なにか、思い付いた？」

楓さんがおれの表情を見て言う。

「どうでしょう……。もう少し。楓さんのカンが当たるように、考えます」

「大丈夫よ。言ったでしょう？　わたし、自分のカンには自信あるもの」

「……前から思ってたんですけど、どうして楓さんはおれのこと、そんなに買ってくれるんです？　おれ、日本酒にちょっと詳しい以外、なんも持ってないですよ？」

不思議に思って聞くと、

「んー。冴蔵ちゃんがウチに来たとき、そう思ったの」

「どうして？」

「だって初めての接客で、お客さんの機嫌直したでしょう。あれ見たとき、ウチに来てくれないかなあって思ったよ」

「そんな簡単に……」

「簡単に決めた訳じゃないよ。十分くらいの面接で入社を決めちゃう会社だってあるでしょ？　ウチの場合は実技まで見たんだから」

楓さんは刻んだ野菜を容器に詰めながら、

「それに」

と、前置きした。

「あの日、冴蔵ちゃんがお客さんに出す銘柄を言ったときね、わたし、青クンのこと思い出したの。それで、安心できたって言うか」

「……青葉さんのこと？　どうして？」

「分かんない」

楓さんは困ったように、ちょっと首を傾ける。

「前にも言ったけど、絶対にどこか似てるとこあるんだと思う。それで、そんな人が

『四季』のことを好きって言ってくれたって、すごいことだと思わない？　青クンが創って、わたしが守ってる店のことをだよ？　採用の理由なんて、それだけで充分だと思うな」

楓さんの表情には屈託がない。まるで赤ん坊みたいに、ニコニコと無垢《むく》な笑みを浮かべている。

それを見ていると、おれは果たしてこの人からこんなに厚く信頼されていい人物なのかと、自分でも自信がなくなってくる。ただ、『楓さんのために』と思ったとき、心を突き動かすものが湧いてくることは確かだ。

彼女は下ごしらえした食材を冷蔵庫に入れると、

「さ。新しい人材も入って、今日から『四季』は復活！　最初にお義兄さんを、ぎゃふんと言わせてやろうね」

と、明るく言って、力こぶを作る動作をした。

「復活、ですか」

「そう。お義兄さんに見せつけてやるの」

——見せつける。問題はどうやって見せつけるか、だけど……。

赤橋和博

楓ちゃんには悪いが、『四季』の新しいバーテンダーは気に入らないガキだった。

家業から逃げ、楓ちゃんの厚意につけ込む。そして青葉の聖域である、あのカウンターに立つつもりだ。

俺は仮にも青葉の兄であり、『四季』の創業から通う常連客の一人だ。会社名義だが実質的にあの店の大家でもあり、格安で店舗を貸し出してる。だからそれなりに店を支えてきた自負を持っているし、思い入れも思い出も、『四季』にはたっぷり残っている。あの北条ってヤツよりは、よっぽど。

正直に言うと、『四季』が日本酒バーに戻るのは俺も嬉しい。きっと青葉もあの世で喜んでいるだろう。だけど、あのバーテンダーでは致命的に頼りない。俺の感情を抜きにしても、若さ故《ゆえ》の知識と経験の不足が、遠からず店を潰してしまうだろう。

俺が今日、北条をテストしてノーを突き付ければ、楓ちゃんも目を覚まして意見を変えるかもしれない。あの子は恐らくもの言わぬ青葉から、義務や使命のようなものを感じて焦っているんだ。

──ある意味で、楓ちゃんは青葉に憑《つ》かれてる。

あいつが亡くなった日の、あの悲惨な光景。あれはいまでもまだ俺のまぶたの裏にはっきり焼き付いていて、恐らくこの先もずっと剝《は》がれ落ちることはないだろう。

もう永遠に目が開かない青葉にしがみつき、命を絞り出すような慟哭《どうこく》を続ける楓ちゃん。涙は噴き出た血かと思うくらい凄惨《せいさん》に流れ、彼女の長い髪を顔に貼《は》り付かせていた。綺麗な顔が台無しになったその表情は、いつものおっとりした彼女からは全く連想できないものだった。

もちろん俺や親父も家族の死に悲嘆していたが、しかしあの子の圧倒的な悲しみを前にしては、ただその場に立ち尽くすしかなかった。あの病室には、いつもの倍はあるんじゃないかと思うほどの重力が働いていた。

──きっと楓ちゃんの時計《とけい》は、あのときから止まったままだ。

あの子はまだ若い。器量もあって良い娘さんだ。早く青葉との気持ちに整理を付けて幸せになって欲しいと思うし、あの世じゃあいつも絶対にそれを望んでいるだろう。俺には分かる。だから店を潰して、これ以上、背負うものを増やしてはいけない。

俺は部下に今日の仕事を任せて、三時半に『四季』へ着いた。

すうと息を吸ってから引き戸を開けると、

『いらっしゃいませ』

男女の声が重なって俺を迎える。カウンターに目を向けると、作務衣《さむえ》姿《すがた》の北条と着物を着込んだ楓ちゃんが、カウンターの中から丁寧に頭を下げていた。

「リニューアル第一号のお客さんですね」

北条は俺を見据えて言う。相好《そうごう》を崩してはいるが、しかし目付きは挑むように炯々《けいけい》としていた。もっと弱々しい印象だったが、意外な眼差しだった。

「ああ。第二号がいりゃあいいけどな」

そう答え、俺はいつもの席に腰を下ろす。カウンターの端。店内には太陽光がわずかに射《さ》し込んでいて、まだ明るい内からここで飲むのも少し不思議な気分だった。

「着物に戻したんだな」

楓ちゃんに声をかけると、彼女は嬉しそうに口角を上げる。

「はい。化繊《かせん》ですけどね。日本酒バーに戻ったので、あの頃みたいに。わたしは、ちょっと年を取っちゃったけど」

「確かまだ二十六だろ？　似合ってるぜ」

楓ちゃんのこの姿も三年ぶりか。季節をワンテンポだけ先取ったのか、着物は桜《さくら》の模様が入った薄いピンク。髪はアップにまとめてある。久しぶりのはずなのに、それが妙に板に付いている感じがした。これを見られただけでも、会社を早く引けた価値はあった。懐かしさが胸に込み上げる。

「では、こちら」

「え、ああ」

感慨に浸っていると、北条が俺の前に小鉢とチェイサーを置いた。楓ちゃんに見とれて忘れるところだったが、今日はこいつを見極めるために来たのだ。

「まずはお通し。今日は『鶏《とり》もも肉の柔らか南蛮漬け』です」

続けて北条は料理を紹介する。ああ、この料理も懐かしい。昔よく食べた、楓ちゃんが得意なヤツだ。或《ある》いは俺の中にあるノスタルジックな感情を引き出すため、戦略的にこの料理を選んだのかもしれないが。

「ま、時間もない。これをアテに飲ましてもらおうか。北条、今日はお前を試しに来たんだ。分かってるよな？」

「もちろん。では、お酒を任せて頂けるということでいいですか？」

「ああ。ただしもうじき営業時間だろ。一杯だけだ」

北条は屈み込み、足元から一本の酒瓶を取り出した。

「では、今日はこの銘柄でどうでしょう。千代《ちよ》むすび酒造《しゅぞう》の、『千代むすび　純米吟醸《じゅんまいぎんじょう》強力《ごうりき》　50』です。ご存知ですか?」

「いや……」

いつもはだいたい決まったものを飲むから、この銘柄は知らない。

それは藍色《あいいろ》のラベルに、白抜きで銘柄が書かれている一升瓶《いっしょうびん》。ボトル自体はオーソドックスなものだが、それを見せる北条の目は、どこか自信があるように光って見えた。

――その根拠はなんだ? メッキならすぐに剝がしてやる。

「じゃあ、早速、飲ませてもらおうか」

俺が促すと、北条は厚みのあるぐい飲みに酒を注ぎ、それをカウンターに置いた。

「どうぞ。きっと和博さん好みの酒だと思います」

北条は確信のこもった声で言う。しかし、千代むすび? 青葉は俺に、こんな酒を出したことがなかったが……。どんな味だ?

俺はカウンターの向こうに立つ北条を上目で見ながら、探るようにゆっくりと、そのぐい飲みに口を付ける。

なにか仕掛けがあるんじゃないかと警戒《けいかい》したが、鼻先にもたらされる香りは優しい果実のように穏やかなものだった。それは他の吟醸酒にはない、珍しいタイプのように感じられた。

俺は立ち昇る香りに誘われてそれを口の中に流し込み、そして舌の上で転がす。するとそれはずっしりとした手応えのある太い味わいを口内で膨らませ、強力というその名に相応しく思えた。旨《うま》みのバランスが良く、酸味も立っている。味には、文句がない。間違いなく美味しい酒だろう。しかし……。

これだけか？

美味い酒が飲みたいだけなら、わざわざバーに来なくても、値段の高い銘柄を選んで家で飲んでりゃ、その内に好みの酒に当たる。北条が見せるべきだったのは美味い酒ではなく、自身が持っているバーテンダーとしての資質だ。

残念ながらこれだけじゃ落第。良い酒を出すのは大前提。確かにこれだけ美味い酒ならプラス材料にもなるが、でも他に軽妙な話なり気の利いたサービスなり、なにか売りがないと、遠からず店を潰してしまうだろう。まあ、北条の若さにそれを求めるのは、いささか酷《こく》な話だが。

俺がそう考えていると、

「お酒のお味はどうでしたか？」

北条は自信たっぷりに聞いてくる。

「……ああ、美味いよ」

だけどな、そう続けるつもりで口を開いたが、しかし北条は、俺の言葉に自分のそれをかぶせてくる。

「やっぱり。そう思ったんです！　ずっと和博さんのこと考えて、きっとこれが好みの酒だろうって」

「……どうしてだ？」

「えっと、確か昨日の昼に会ったときは、なにか甘酸っぱいフルーツを食べたあとでしたよね？　今日の昼はなにか分かりませんけど、酸味の効いた料理だった」

「え、ああ……」

確かにそうだ。昨日の朝はマスカットを食ったし、今日の昼飯は酢豚《すぶた》だった。

「だから、フレッシュでフルーティ、酸の立ったものが好き、少なくとも嫌いじゃないと踏んだんです。そこで、これを」

北条は澱みなく言った。まるで当たり前のことを話すように。だが、どうして俺が食ったものまで知っている？

昼間に話したときにそんな話題でも出たか？　俺は記憶を手繰りながら、間を保《も》たせるためにぐい飲みの酒を飲み干す。そしてお通しの鶏肉を口へ入れると、

「お」

思いがけず声が出る。鶏肉の南蛮漬けは記憶していたよりも美味い。いや、これは美味いと言うよりも……。

「どうですか？　久しぶりに作ったんですけど」

北条の後ろから、楓ちゃんの間延びした声が聞こえてきた。

「ああ、美味いよ。なんて言うか……」

俺が言葉を探すと、

「酒と良く合う？」

「そう、それ」

北条が代わりに答え、俺はつい肯定してしまう。ヤツはにっこり笑うが、俺の方は見透かされていたみたいで面白《おもしろ》くない。

「なんだ？　これが美味いのはお前の手柄じゃねえだろ。楓ちゃんが……」

「いえ。わたしはお酒のこと、あんまり分からないですよぉ」

文句を言いかけると、楓ちゃんが苦笑いでそれを否定する。

「料理のメニューは、冴蔵ちゃんと相談して決めるんです。お酒によって合う料理が違うから、前みたいに定番メニューは作ってないんですよ。在庫にあるお酒に合わせて、その日に決めます」

「酒に合わせて？」

北条に目を移すと、ヤツはコクリと頷く。

「日本酒は食中酒です。しかもかなり懐が深くて、どんな料理にどんな銘柄でも、それなりに合います。が、その中でも『マリアージュ』と形容できるくらい、良く合うペアリングがあるんです。『四季』では、それにこだわってメニューを決めたいと思いまして。即興で作る場合も多くなると思いますから」

「マリアージュって？」

「じゃがいもとバターって言ったら分かりやすいですかね。お互いに引き立て合ったり、ときに違う味わいでお互いを際立たせたりする。そんな組み合わせの酒と料理のことです。元は結婚を意味するフランス語ですが」

「……で、酒に合う料理をお前が決めるのか？」

「楓さんと相談して、です。実はおれ、鼻が異常に利きまして……」

「鼻？　って、この鼻？」

自分の鼻を指さして聞き返すと、北条はコクリと頷いた。

「ええ。絶対嗅覚って言うんですかね。生まれつき、鼻だけが良くて」

それでさっき俺が食ったものも、近いところを当てたのか。犬みてえな野郎だ。

「でもよ、だからって料理まで決めるのは僭越《せんえつ》ってもんじゃねえか？　楓ちゃんは料理一本で店守ってきたプロだぜ？」

「もちろんです。だから作る方は任せることになるんですが、でも香りと味覚ってけっこう密接に絡み合ってるんですよ。むしろ味覚の命を香りが背負っていると言ってもいい。おれ、酒か料理のどっちかの匂いを嗅いだら、それに合う味ってのが、なんとなく分かるんですよね。なんというか、本能的に」

野生か、こいつは。

「だから、おれは酒の匂いを嗅いで、これにはこんな味のものをって、楓さんに伝えます。楓さんはそれを元に料理を作ってくれます。おれさえいれば、お客さんが冷やを燗《かん》にして酒のニュアンスを変えるように求めてきても、アドリブで合う料理を出せるんです。だから、全ての酒の全ての変化を、料理でカバーできる」

「それを、『四季』の売りにするって訳か？」

「そのつもりです。ここまでできるダイニングバーは、なかなかないと思います」

北条はきっぱりと言い切る。なにか反論したかったが、しかし残念ながらこいつの言うことに一理を感じずにはいられなかった。

青葉が亡くなってからも色々とバーを渡り歩いたが、確かにそこまでの気遣いができている店はあまりない。俺にバー経営のイロハは分からないが、もしかするとこれは青葉の接客術同様の武器になるかもしれない。少なくとも俺のように、酒も料理も適当に頼む客の立場からすると、嬉しいサービスだ。

「――なるほど」

俺はカウンターに置いた自分の手元を見つめて言って、目を上げる。

「お前たちが、ただ闇雲《やみくも》なだけじゃないことは分かった。だけどな、北条。俺はお前に聞きたいことがある」

「なんでしょう？」

俺は呼吸を一つ置いて、低い声を出した。

「本気で働く気があるのか？」

なにより俺は、北条の覚悟を問いたい。

いくら優れた武器があっても、順調なだけの店の運営なんて有り得ない。天候や景気みたいに、経営に関わる不確定要素はいくらでもある。『四季』もいずれはそんな壁にぶち当たるだろう。そのとき、お前はどうするつもりだ？　家業をそうしたように、また逃げるんじゃないのか？

俺は睨み付けるように北条を見つめる。しかしヤツは全く臆せず、まるで俺の視線をかわすように、手元の千代むすびを見つめた。

「和博さん。日本酒って、どんな米で作られてるか知ってますか？」

北条はそう問いかけてきた。話題は逸れたが、北条なりになにか言いたいことがあるのかもしれない。俺はそのまま話に付き合う。

「ああ。昔、青葉から聞いたことがある。家で食うような米とは違うんだろ？　山田《やまだ》錦《にしき》とか言ったっけ」

「えっと、山田錦だけじゃないんですけどね。主なとこじゃ、他にも雄町《おまち》や五百万石《ごひゃくまんごく》なんかがあって、酒造好適米って呼ばれてます。大粒で心白《しんぱく》が大きい、外硬内軟《がいこうないなん》な米。で、この千代むすびに使われてるのは珍しい品種で、強力と言います」

「ほう」

銘にも入っている強力ってのは、米の品種か。味の特徴を示す日本酒用語かと思っていた。そう言えば青葉も酒米はどうとかって、そんな講釈《こうしゃく》を垂れてたことがあったっけ。俺の悪い頭じゃ、内容がもう記憶の彼方《かなた》だが。

「強力という品種は、鳥取県《とっとりけん》の地域ブランド。酒米としての品質は非常に良いのですが、しかし稲の背が高くて育て難《にく》いことから、戦後すぐ、栽培が終了しました」

「なんだそりゃ。じゃあいま飲んでるこれは、なんで作られてんだよ。昔作った米だってのか」

俺は一升瓶を指でつつく。

「いえ。実はここ十何年かで、鳥取県の『強力を育む会』が発足して、復刻に成功したんです。もちろん復刻するまでには色んな苦労があって、最初はたった一キロしか種籾《たねもみ》がなかったらしいですけど。でもそれを二年かけてまともに酒を醸造できる量まで増やし、いまでは多くの日本酒のラインナップを揃えるまでになりました」

そう言うと北条は、頼んでもないのに、俺のぐい飲みにまたその酒を注ぐ。

「強力は過去、鳥取の特産米として隆盛を誇った米。時代と共に沈みはしましたが、復活を願う人の本気によって見事に蘇りました。そういう本気って、きっとなにより も強い。おれは、『四季』も強力のように、そうできたらと思っています」

「お前たち二人の手でか？」

「違います。お客さんや、青葉さんも含めたみんなでです」

「――本気なんだな？」

俺は酒を一気に飲み干して、念を押す。

「もちろんです。おれだってここ以外に行くところがないし、恩には必ず報いたい。それに……」

「それに？」

俺は覗き込むように上目で彼を見る。すると北条は頬をちょっと紅潮させて、言葉を続けた。

「……おれ、実家じゃずっと厄介者でした。でも楓さんは、そんなおれを必要としてくれた。嬉しくて、いまでも寝る前に涙が出ることもあります。楓さんの夢なら、おれだって手伝いたい。絶対に、やり遂げます。強力を復活させた人たちに負けない、おれの本気をかけて」

北条は紅潮したまま、俺を見て言い切った。目で人を判断できるほど人生悟っちゃいないが、しかし俺を捉《とら》える北条の視線は、なんと言うか、熱《あつ》い。

目を移すと、隣では着物にたすきを掛けた楓ちゃんが、ニコニコと笑っている。まるでこうなることが分かっていたかのように。

二人の様子に、俺は観念してため息を吐《つ》く。

——もう、いいか。ただでさえ野暮《やぼ》なマネをしてるんだ。

「……投げ出したら、承知しねえからな」

俺は言い捨てるとカウンターに金を置き、席を立って戸を開ける。視界の端には頭を下げる二人が映ったが、俺はなにも言わずに表へ出た。

外に出て目を上げると、染まりゆく空が西に広がっていた。俺は少し伸びをして、そして酒の味を思い出しつつ歩き出す。

北条の人間性の詳しいところまでは、さっきみたいな短い時間の中じゃ、まだまだ測れない。もしかしたらずる賢く演技だけが上手い腐った野郎で、危なくなったらそそくさと逃げ出すつもりかもしれない。

だが少なくともいま、こちらを見つめるあの目を前にして、「覚悟が足りない」と突き放せるほど、俺も厚かましくできていなかった。

まあ、とりあえず今回は合格点ではなく及第点。これからの様子を見るしかない。

それは素行もさることながら、接客もそうだ。

確かに今日の酒は素晴らしく美味かったし、料理によく合っていた。しっかりした味わいのあの千代むすびに、やや濃いめの南蛮漬け。互いに口の中で溶け合い、一段上の味わいを感じさせた。マリアージュって言ったか。良い組み合わせだ。

でも俺、好みで言うなら、ホントは今日の酒よりも、辛口のスッキリしたヤツが良いんだけどな。

北条が俺の好みの根拠にしてたマスカットは昨日の朝、腐るからって嫁に無理矢理《むりやり》食わされたもんだし、昼に食った酢豚は近所の定食屋の日替わりだった。それだけのことだ。

安易に客の味の好みを決めつけるのはマイナス材料。今日はオマケしといてやるが、あの接客じゃ青葉の影すらまだ遠い。

でも素直に、こうも思う。俺のことを考えてあの酒を選んだってのが、やっぱり客の立場としては嬉しかった。俺があいつを嫌っていたにもかかわらず、だ。

考えてみれば青葉よ。お前を選んだ楓ちゃんの目が、あのガキを選んだんだ。

店を応援する理由なんて、本当はそれだけで充分なのかもしれない。俺も、どこか意固地《いこじ》になってたんだ。昔の『四季』を懐かしむあまりに。娘の結婚相手が気に入らない頑固親父じゃあるまいしな。我ながら情けない。

なにもかも変わっていく。変わらないことなんてない。

できればそれが、良い方向への変化になればいいと思う。

俺は振り返り、『四季』を眺めた。店からは、二人のはしゃぐ声が聞こえてきた。

「青葉。お前の片割れと代わり、ちゃんと見といてやれよ。危なっかしいから」

声にもならない声で呟き、俺は携帯を取り出す。そして電話帳を立ち上げると、懐かしい名前に電話をかけた。

「あ、矢島《やじま》？　久しぶり、俺だけど。あの、青葉の店の件でな……」

読んだら飲みたくなる！ 日本酒BAR 四-Shiki-季 お品書き

果実のような華やかな香りと、
原料米に由来するふくよかな香り

千代むすび 純米吟醸 強力50

蔵名：千代むすび酒造株式会社
創業：慶応元年（1865年）
住所：鳥取県境港市大正町131
HP：
http://www.chiyomusubi.co.jp/

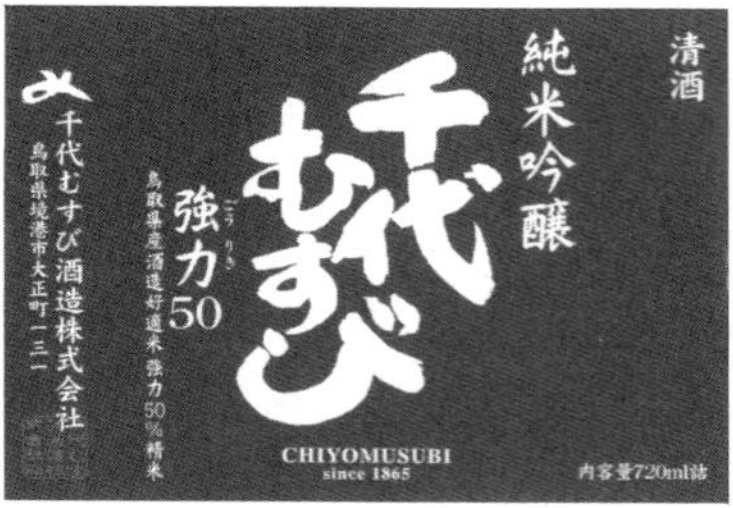

「千代むすび　純米吟醸　強力50」は、果実のような華やかな香りと、原料米に由来するふくよかな香りが共存。飲み口はなめらか。ほどよい酸味がアクセントとなったスッキリとした味わいとなります。鳥取県境港にある千代むすび酒造。少量ながら品質の高い日本酒を醸す蔵元として多くファンを持ちます。このアイテムは「茹で松葉ガニ」、「ノドグロの塩焼き」などの地元産の高級魚介類を引き立てる食中酒として楽しめます。また、「強力」は鳥取県発祥の酒造好適米。力強くも、しなやかな香味に仕上がる品種として人気を博しています。

赤橋楓のオススメマリアージュ料理

鶏もも肉の柔らか南蛮漬け

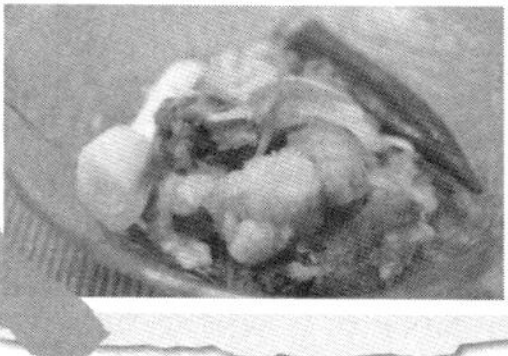

甘い南蛮酢と肉の相性が抜群です。揚げたお肉はからりとした食感が微かに残っていて、しんなりとした人参、玉ねぎなどとの食感のギャップも楽しめます。噛みしめるごとにじゅわっとした肉のうま味と酢の甘酸っぱさが口の中に広がり、「千代むすび　純米吟醸　強力50」のスッキリとした味にもぴったりですね。

日本酒ＢＡＲ
「四季」
春夏冬中

二章
期待と誇り、十字せず

会計を済ませたお客さんが引き戸を開けると、そこから冷たい風が笛を吹くような音を鳴らして吹き込んでくる。表に出たお客さんは寒そうに肩を怒らせ、ジャケットの前をしっかりと閉じた。

これが寒の戻りというヤツだろうか。暦は四月に移ったというのに、寒さがまた勢力を盛り返し、息を白く染め上げる。

和博さんとのやり取りがあってから二週間後の今日。リニューアルからこっちの客足はまずまずといったところで、午後六時を過ぎるくらいになると、十席あるカウンターは全て埋まった。

それなりに忙しいが、おれと楓さんの間にも阿吽《あうん》の呼吸と言うべき仕事のリズムが生まれ始めていて、ピーキーな時間帯もどうにかこなせている。

オープン当初は一見客が多かったが、そこからリピーターになってくれたお客さんもいたりして、中にはお任せという注文の人もいる。また、ほとんどのお客さんは酒の説明を興味深げに聞き入ってくれ、それはおれへの信頼を示すようにも感じられて、顔には出さないが内心は飛び跳ねるくらい嬉しい。

あと、外観や内装を気に入って来店してくれる人もけっこういた。間接照明の薄明るい店内に、壁一面に広がる白梅の屛風絵。飲んでいる最中に内装について話す人もいたりして、この辺りはこだわってくれた青葉さんに感謝である。

『四季』のリニューアルオープン、まだまだ開店のお祝い期間だし、理想の客足にも遠いとは言え、さしあたり好調と言っておいていいと思う。

店を復活させ、そして日本一の日本酒バーにするというのは恩人である楓さんの夢であり、それにおれの本気をかけることは和博さんと約束した。飛躍《ひやく》した目標かもしれないが、でもおれは頑張りたい。

実家では厄介者だったおれが、ここでは必要な人間になれた。そう思うだけでやる気も出てくる。もう、決して逃げたりはしない。


さて、今日も夕方からの忙しい時間を無事に終え、『四季』は少し静かな時間帯を迎えた。

平日は午後十時を回ると空席も目立ち始め、また店内のお客さんもそれぞれ語りの時間に入るので、新しい注文が減る。関係ができたお客さんと落ち着いて話をするのも、この時間が多い。

そしていま、目の前で話すスーツ姿のお客さんも、その一人だ。

「で、北条クン、こいつが前に言ってたヤツ。新しく営業に入った風間《かざま》ってんだ」

上機嫌で新入社員を紹介してくれるのは、矢島さんという四十絡みのサラリーマン。近所にあるらしい香原料を扱う『華香堂《かこうどう》』という会社で営業をしていて、スーツからは複数の香木が混じり合った匂いが香ってくる。おれだけが分かる程度のものだが。矢島さんは昔の『四季』の常連組だ。オープン当初、和博さんに勧められて来てくれ、今日の来店は二度目。しかも新しいお客さんを連れて来てくれている。

「風間と言いまーす。よろしくお願いします」

紹介を受けた風間さんは、軽い感じの笑いを浮かべて挨拶をしてきた。日に焼けた肌に緩んだ表情。まだまだスーツに着られている感が色濃い若者である。大学を卒業して入社って言ったから、おれよりも一つ上かな。

彼の自己紹介に応え、おれも「北条です」と名乗ると、

「赤橋楓です。よろしくお願いしますね」

楓さんも出てきて、頭を下げた。着物姿の彼女は髪をアップにまとめてあり、頭を下げると色素の薄いうなじが顔を覗かせる。妙に色っぽく、仕事中なのにドキドキしてしまう。

「うっわー。すっげぇ美人ですね！」

風間さんはポカンと口を開けながら彼女の顔を仰ぎ見る。軽薄さが自己主張してい

るようなそのノリに、

「馬鹿野郎《ばか》。みんな思ってても言わねえんだよ。露骨《ろこつ》に反応すんな」

矢島さんがその後頭部をはたいて突っ込んだ。漫才のようなそれに、楓さんも苦笑いである。

ちなみに料理の注文がないときは、彼女もたすきを外して接客に加わっている。はっきり言っておれのサービスではなく楓さん目当てに来店する客も一定数いて、なんだか悔しい。

「前に風間さんのお話は聞いてたんですよ。面接を受けたあと、矢島さんの一声で採用が決まった期待の新人だって」

口元に笑みを湛《たた》えながら、楓さんは言った。

「そうなんですよー。落とされそうなとこを拾ってもらった期待の新人です」

風間さんが人懐こい顔で頷くと、

「その割には感謝が見えねえよな、お前」

矢島さんは無表情にそう反応し、そしておれの方へ向き直る。

「こいつは面接でもこの調子だったからな。俺が採るって言ったら、周りから大反対されて大変だったよ。頑張ってくれなきゃ立場がねえ」

「アハハ。大船に乗った気でいてくださいよ」

風間さんはカウンターに左の肘《ひじ》を突いて飲みながら、右手で矢島さんの肩をバシバシ叩く。えっと、矢島さんって確か係長で、そして風間さんは新入社員のはずだけど……。

「ま、そういう訳で歓迎会《かんげいかい》は別にやるんだが、俺が採った手前、一杯くらい奢《おご》ってやろうと思ってな。今日来たんだよ」

「おっ。いいですね、風間さん。上司に恵まれましたね」

おれが茶化《ちゃか》すと、

「あとが恐いから割り勘でいいです〜。この人、缶コーヒー一本で三日くらい恩に着せてきますからね」

風間さんがニヤニヤと言い放ち、そしてその隣で矢島さんがやっぱり苦い顔。

「ったく、可愛げのねえ野郎だぜ。知らねえからな」

ぼやきながら矢島さんは猪口の中身を飲み干し、風間さんのそれも覗き込んだ。

「お、お前も空だな。次いくか。北条クン、なにかお勧めある？」

「お勧めですか。そうですねえ……」

おれは斜め上を向いて考える。こういう注文が仕事の見せ所だ。

なにがあるだろう。お勧め。確か矢島さんは甘味が引き立っていて、濃厚な酒が好きだったはずだ。今日の在庫にも数本あるが、中でもどれがいいか。

　おれは頭を巡らせる。状況にぴったりなもの。お客さんに喜ばれるもの。なにより楽しめるもの。どこかにヒントはないか？　おれが記憶を手繰っていると、ふと窓の外で、通りを行く人たちが見えた。

　――そう言えばさっき……。

「……四月に入ったのに、今日は冷えますしね。燗酒《かんざけ》なんてどうでしょう。ちょうど燗して美味いのが入ってるんです」

　先ほどお客さんが帰るとき、寒そうにしていたのを思い出して提案する。すると矢島さんは目を輝かせ、

「お。燗か。いいねえ。なあ」

　風間さんに同意を求めた。

「えー。燗なんて飲んだことないですよ。熱い酒なんて。オレはいまのと同じヤツがいいです」

「初めてなら飲んでみろって。ものは試しだろ。北条クン、こいつの言うこと無視でいいから。そのお酒、ふたつね」

矢島さんは強引にまとめてしまう。ほんとにそれでいいのかと風間さんに目配せすると、彼は苦笑いで応えた。しょうがないね、という感じだ。

この矢島さん、華香堂で相当やり手の営業マンだと、前に楓さんから聞いたことがある。注文も取ってくるし、値段交渉も上手い。青葉さんも、彼のことを感心してよく話していたということだ。

そしておれもその意見には同感である。この、みんなを自分のペースに巻き込む腕力と、寛容で憎まれない性格。こういうのが、お客さんにもウケるんだろうな。バーテンダーに必要とされるものはまた違うけど、人間力みたいなものは見習いたい。

部下になった風間さんも、その敏腕営業マンから見込まれたんだから、きっといい営業になるのだろう。接待なんかでウチを使ってもらえたらありがたいけど。

おれは二人のやり取りを眺めつつ、燗酒の準備をする。

ちなみに燗酒、と一言で言っても、その温度帯によって名称も様々。お客さんから希望がない限り、どの温度で出すかは状況を見ておれが判断しなくてはいけない。

主な名称では、約三十五度の酒で人肌燗、約四十度でぬる燗、そして約五十度で熱燗と呼ばれている。

傾向として温度が高いほど香りは強く感じられ、代わりに爽やかさが失われる。また旨みが立ち、酸味が柔らかくなるのが特徴だ。ぬる燗くらいまでは辛みもまろやかになるので、矢島さんの好みにも合致する。

ちなみに燗することにより味が増す銘柄を『燗上がり』と言い、一例だが山廃《やまはい》とラベルに表示があるものや、熟成酒などに多い。

だけど『この酒は温めるべき！』という絶対の指標はないし、一つの銘柄で燗や冷やなど飲み方を掘り下げ、自分独自の『燗上がり』を探すのも、日本酒の醍醐味《だいごみ》だと思う。そういう意味でも日本酒の探求は自由度が高く、懐が深いのだ。

今日の燗におれがチョイスしたのは山廃仕込みの一本。気温と飲みやすさから、ぬる燗が最適だろうと用意を進める。

「ちょっとだけ待ってくださいね。温めますんで」

おれはそう言って、鍋を火にかけた。すると矢島さんは、

「お。鍋で温めるのかい。懐かしいなあ。青葉クンもよくそうやってたよ。俺が家で燗酒飲むときは、だいたい電子レンジなんだけど」

と、珍しそうにおれの手元を覗き込んだ。

今回のつけ方はレギュラー燗という手法で、湯煎《ゆせん》の中では割とポピュラーなもの。まずチロリと呼ばれる取っ手の付いた酒器に酒を注ぎ、鍋に置く。鍋にはチロリの

高さの八割程度のところまで水を入れ、中火で熱を加えて準備は終了。あとは酒が任意の温度になったら取り出して、それででき上がりという簡単な手法である。

徐々に温度を上げるこの方法だと、熱湯にいきなりチロリをつけるよりも味がマイルドになりやすい。どのような状態で飲みたいか、を意識した煎の方法が肝心だ。

湯から取り出すタイミングは、家庭でやるなら専用の温度計なども売っているのでそれを使えば分かりやすい。おれは香りで温度が分かるし、昔はお燗番という燗専門の職人がいて、温めたわずかな酒の膨張で温度を測る凄腕《すごうで》もいたらしいが。

おれは二人に燗酒について、そんなことをあれこれ話しながら、チロリから立ち昇る香りを確認する。ぬる燗までは、もう少し。お客さんの手元で冷えることも計算して、やや高い温度で出さなければならない。

「しかし、燗酒とは気が利くねえ、北条クン。今日、確かに外は冷えるもんねえ」

タイミングを計っていると、矢島さんが感心したように言った。おれは鍋から目を離さず、言葉だけを返す。

「夏場の蒸し暑いときは、冷やの爽酒《そうしゅ》がいいって人も多いですからね。酒だってやっぱり環境《かんきょう》によって役割が変わりますから。それに合わせていかないと」

「違いねえや」

矢島さんは鷹揚《おうよう》な表情でケラケラ笑うと、

「あ、楓ちゃん。なんかつまめるもの欲しいな。酒に合うもの適当にさ」

料理をリクエスト。

楓さんは笑顔で応え、おれに指示を求める視線を送ってくる。

『四季』のアピールポイントは酒と料理のマリアージュを提供し、こういうお任せ注文に最高の形で応えることだ。ただし今日用意した料理のメニューにこの銘柄の燗を想定したものはなく、ここはアドリブを利かせなければならない。

――大丈夫。おれの嗅覚があれば……。

どんなお客さんでももちろんだが、矢島さんは戻ってきてくれた常連さんだし、風間さんは新規の客。リピーターになってもらうためにも失敗はできない。

おれは鼻をひくつかせ、酒の質を確かめる。山廃仕込みの燗で、味は濃厚。香りにも奥行きがある。それなら……。

おれはメモにペンを走らせ、

『野菜の風味を活かした温かい料理』

と、書き込み、楓さんに手渡した。彼女は肩にたすきを掛けながら受け取り、にっこりと笑う。了解のサインだ。

「さ、できましたよ。お待ちどおさま」

そう言って、おれが二人に出した燗酒は好評だった。乗り気でなかった風間さんも美味いと言って飲み、お代わりを注文してくれた。

また楓さんは下ごしらえを終えていた材料の中から『ほうれん草とエノキのお浸し』をアドリブで作り、それも酒と良く合ったようだ。矢島さんと風間さんの表情は終始リラックスしていて、午後十一時を回る頃には気持ちよく帰って行った。

楓さんと相談して始めた、この酒と料理のマリアージュの提供、差し当たりは好評で上手く機能していると思う。持続させなければ、意味がないけど。

◎

「いやあ、昨日の酒と料理が美味かったからねえ」

翌日の同じ時間。矢島さんはまたも来店し、昨日と同じものを注文してくれた。

おれは酒器に酒を注ぎ、

「気に入ってもらえて良かったですよ。風間さんはなにか言ってました？」

と、聞きながら、鍋にそれを置く。

「ああ。あいつも美味いって言ってたよ。いままであんまり日本酒飲まなかったらしいけど、興味も湧いたみたいだな。帰って日本酒のこと、色々調べたみたいだぜ。今日は来れねえけど」

「それは良かった。また一緒にいらしてくださいよ」

なんとなく言うと、矢島さんは首を傾げる。

「来れるかねえ。当分はあいつ、忙しいだろうな」

「お、さすが営業のホープ」

おれは軽口を叩くが、矢島さんはまだ浮かない顔だ。

「風間さん、どうかしました？」

「いや、なあ。あいつ、まだ社会に出て二週間だろ？　常識が分かってねえの。昨日と今日で営業したとこ全部から、お叱《しか》りが届いたんだよ。当分、営業の部長と一緒に謝罪回りさ」

「あらあら」

料理を運んできた楓さんが意外な顔をする。個人的には、さもありなんという気持ちしかないんだが。

「話せば楽しい人なのに。お客さんとケンカでも？」

楓さんが聞くと、矢島さんが頷いた。

「いや、まあ、それもあるかな。まだまだ社会人の自覚が足りねえんだろうなあ。俺と話すノリで営業するんだよ」

「へえ。そりゃまた難儀《なんぎ》な」

おれの相づちに、矢島さんも頷いた。

「ホント、難儀だよ。面接のときは、いけると思ったもんだが。いや、いまでも思ってるけどな。ただ、時間はかかるだろうなあ。楓ちゃんの爪《つめ》の垢《あか》でも煎じて飲ませてやりたいねえ」

「まあ。あまり美味しくないですよう」

楓さんは頬に手を当てながら答えを暴投する。

「そう言えば、矢島さんが声上げたんですよね？　風間さんを採るって。光るところがあった訳でしょう？」

おれが聞くと、矢島さんは身を乗り出した。

「ああ、まあなあ。聞きたい？」

「ええ。差し支えなければ」

おれは返事をして、彼の手元へ燗酒を差し出した。矢島さんはそれに口を付けつつ、経緯を語り出す。

まずそのときの面接方法だが、それは面接官四人が学生を五人ずつ面接していくという、割とよくあるタイプの集団面接だったらしい。そのときの面接官の一人が矢島さんだった訳だが、しかし彼の隣には意地の悪い質問ばかりする役員も座っていた。

流れ作業的に面接は進んでいき、やがて風間さんグループの番になる。しかし案の定、意地悪な役員から「どういう理由でウチで働きたいの？」「絶対に人に真似されないあなたの長所は？」など、答えにくい質問を浴びせられてしまう。

もちろんそれは、その場の学生の対応を見るためのものだが、風間さんを含めてほとんどの学生は上手く答えられない。

そして面接の最後。面接官側から学生の質問を受け付けると、勢いよく風間さんが手を上げた。質問を促すと彼は立ち上がり、

「すいません。面接官の方、そちらの右の方から順に御社で働いている理由と、絶対に人に真似されない長所を教えてください」

あっけらかんとそう聞いたらしい。

「あんときの部長の顔、タコみてえにまっ赤になってよ。面白かったな。それに考えてみたらあの質問、華香堂で働いてる社員がちゃんと答えられないとおかしい訳よ。

こっちから学生に聞いちゃってる訳だし」

「で、風間さんを採用？」

「おう。面接官を前にして、あれだけ言えるヤツはなかなかいねえよ。しかも的を射てる。上手く育てば、かなりの逸材になるぜ。まあ、周りからは止められたけどな」

そりゃ止められるだろうなあ。矢島さんもかなりのギャンブラーである。

「でもなあ。まさかあそこまでアホだったとはな……。時間かかるぜ」

矢島さんはなにかを思い出したように、がっくり肩を落とした。

「？　風間さん、なにしたんです？」

「……得意先の女の子をしつこくナンパ。しかも昨日今日で回ったとこ全社で」

そりゃすごい。

「いつまでも学生気分じゃダメだ、ってのは年寄りのセリフだと思っていたけど、とうとう俺もそう喋らなきゃいけないときが来たのかねえ。環境が人を作るとも言うけど、問題はそれまで周りが待てるかって話よ」

◎

翌日の朝。おれと楓さんは安くて新鮮な食材を求め、ちょっと離れた市場までやって来た。

和博さんから、彼が働いている日中限定で車を借りられたため、遠くの市場まで足を延ばせるようになったのだ。

大きな屋根に囲われた市場に入ると、そこでは露店のような店舗が所狭しとひしめいていて、威勢のいい声が飛び交っていた。

そんな中をおれたちはじろじろ値段を見ながら歩いていたのだが、やはり近所のスーパーよりだいぶ安いようである。これならかなり原価を抑えることができるだろう。匂いで鮮度を確認するが総じてスーパーよりも新鮮で、長持ちもしてくれるはずだ。

おれと楓さんは俄然《がぜん》張り切り、混雑している市場をウロチョロする。そして小一時間後には二人とも両手に一杯の食材を抱え、思わずにっこりえびす顔だ。予想していたよりも安く、色んなものが買えた。これで料理の幅も広がるだろう。

「じゃ、冴蔵ちゃん。そろそろ帰りましょうか」

楓さんは満足げだ。おれは頷き、出口へ向かうが、

「あ」

彼女は乾物屋の前で足を止めた。そして片手で荷物を抱えると、店頭に置いてある

なにかを手に取り、おれの方へ掲げる。品物は『出雲《いずも》の蕎麦粉《そばこ》』と名打たれていた。

「……蕎麦粉ですか」

「そ。アドリブで料理を作るときに役立ちそう」

楓さんは微笑むが、それって蕎麦を打つ以外の用途があるのだろうか。おれがハテナマークを頭に浮かべていると、楓さんはちょっと呆れたような笑いを浮かべた。

「冴蔵ちゃん、鼻は利くしお酒に合う味まで分かるのに、お料理のことって知らないよねえ」

「ほっといてください。これでもカレーを作らせたら世界一……だと前まで思っていたんですから」

「まあ」

楓さんはクスッと笑う。

「蕎麦粉はね、お蕎麦を作るだけじゃないの。ピザにクッキーにパンケーキ。低カロリーで色々作れるんだよ。帰ったらこれでなにか作ってあげよっか？」

「お。いいですね。店で出すためにも味見しとかないと」

おれは楓さんの誘いに一も二もなく飛びつくと、早く帰りましょうと催促して駐車場《ちゅうしゃじょう》に向かう。楓さんは困った顔で「はいはい」と応じると、おれと一緒に車に乗り込んだ。

しかし、問題はここから。

ゆっくりと車を駐車場から道路に出すと、すぐ前には無理矢理な車線変更でクラクションを鳴らされるトラック。ひどく車間距離を詰めてくる後続。爆音《ばくおん》でスピードを出しているスポーツカー。

はっきり言って恐ろしい。どう考えても異常な慌ただしさである。魔界都市、東京の殺伐とした道路は、新潟で田んぼの間に通る道を運転するのとは訳が違うのだ。

――慎重に焦らず。助手席には楓さんもいる。

唾《つば》を飲み込み、おれは左車線を法定速度で走行する。すると間合いを詰めていた後続の車たちは、しびれを切らしたのか右車線に出て、おれの車をどんどん追い越していった。それもすごいスピードで。

狭い日本《にっぽん》、そんなに急いでどこへ行く。という、交通標語が頭に浮かぶ。どうして東京のドライバーはそんなにせっかちなんだ。焦ってスピード出しても、到着時間にそんな差は出ないって教習所で教わらなかったのか？

――マズいなあ。楓さん、怖がってないかな。

おれはチラリと助手席の楓さんを見てみる。しかし彼女はいつもの温和な顔で、ちょこんとそこに座っていた。一瞥したところ、そこに恐れは見当たらない。けっこう心臓が強い。運転しているおれがこんなに恐いのに。

と、感心しつつハンドルを握っていると、やがて赤信号で車は停止する。ようやくついた人心地におれが安堵の息を吐くと、

「お疲れ様。ゆっくりでいいからね」

楓さんは顔をこちらに向けて、にっこり笑った。

ああ、道路に慣れてないの、分かってたんだな。

見破られていたと知り、おれは頭をかいた。きっと行き道からビビって運転していたのも、楓さんは分かってる。ちょっと恥ずかしいけど、労いがとても嬉しい。

「……すいません。おれの運転、恐いですか？」

つい聞いてしまうと、楓さんは首を横に振り、そのまま前を向いた。

——優しい人だ。

美人だし料理も上手い。そりゃ青葉さんも惚れるよなあ。いや、逆に考察すると、彼女は結婚前に相当モテていたと考えるべきで、並み居る男たちから選ばれた青葉さんがとてもいい男なのか。

どちらにしろ、お互いがお互いに相応しい理想のカップルだったのだろう。それこ

そマリアージュだ。この間まで宿無しだったおれには無関係過ぎる話である。

——それにしても。

おれはもう一度、楓さんをチラ見した。

この状況。確かにカップルどうこうってのはおれに関係ないのだが、しかし昼間から楓さんと一緒に食材を買って、店までドライブって……。これってよく考えると、なんだか青葉さんに怒られそうなシチュエーションじゃないか？　いくらおれが楓さんと釣り合わないと言っても、変な事情が想像できる状況である。

いや、おれにそんな下心だとか、そういうものはないと思うと感じるような気もしないでもないのだが、傍目《はため》からどう見えるかという問題で。

——それに。

おれは彼女の陶器のような白い左手を見る。

そこから伸びるスラリとした薬指にはいつもの指輪が嵌められていて、それは鈍い輝きを放ってそこに鎮座していた。まるでおれを睨んでいるようだ。

なんとなく、その輝きが楓さんを別の世界に閉じ込めているようにも、おれには感じられた。彼女は慈しむように、そっとそれに触れている。

楓さんは少しでも手持ちぶさたになると、まるで習性のようにその指輪を右手で撫でる。それは彼女自身が、その指輪が作る世界から離れる気がないと、周囲に主張しているようでもあった。きっとそこはぬるま湯に浸かるように、すごく居心地がいいんだろう。

まるで呪いのようだな、と、たまに思う。

でもその呪いは青葉さんの本意ではない、とも思う。彼と会ったことも話したこともないから分からないけど、でも、おれはそう思う。

ただ、たとえば青葉さんが草葉の陰で彼女の自由を願い、そして楓さんがそれを知ったとする。そのとき、それに対して楓さんは一体どう答えるだろう。

「ずっとここにいたい」

もしかしたら彼女はそう言うかもしれない。なにかから自分を変えてしまうというのは、とても恐くて勇気がいることだから。おれの運転にビビらない楓さんでも、それはたぶん例外ではない。

――おれは実家でそれができなかった。逃げ出した。

「青だよ、冴蔵ちゃん」

「あ、ああ。はい」

楓さんの声で、意識が引き戻される。慌てて目を前に戻すと、後ろから短くクラクションを鳴らされた。

余計なことを考えず、いまは運転だ。

それにたとえ彼女がどうあろうと、おれが楓さんの夢と共にありたいと思う気持ちは、たぶんこれからも変わらない。きっと大昔、殿様に忠義を尽くす家来って、こんな気持ちだったんだろうな。ただ、この人のためにって。

そんなことを考えてしばらく運転していたら、

「あ。冴蔵ちゃん。ここ、ここ」

また赤信号で停車した折に、楓さんがウィンドウの外を指差す。彼女の指の方向を目で追うと、そこには一階を店舗にしているビルがあって、看板には『華香堂』と筆字体で書かれていた。

「あ、ここなんですね、矢島さんたちの会社」

近くとは聞いていたが、具体的な場所までは知らなかった。ここからなら『四季』まで歩いても数分だろう。本当にすぐ近くなんだ。

「そうそう。矢島さんが店に忘れものしたとき、届けたこともあるの。一階のお店で品物も売っていて、会社は二階から上。色んな所に品物を卸しているみたいよ」

「へーえ」

思っていたよりも規模の大きな会社だ。面接も集団面接とかしているらしいし、ちゃんと体制も管理されているんだろう。

「せっかくだから、ちょっとお店の方、覗いてみない？　面白いよ」

「あ、いいですね」

幸い、駐車場もあるようだ。おれは楓さんに頷くとハンドルを切り、華香堂の敷地内に車を入れた。そして車を停め、二人で店の中に入っていく。

「いらっしゃいませー」

木の格子戸を開けて店に入ると、店員さんの明瞭《めいりょう》な挨拶に交じり、

「あれ？　どうしたの、ご両人」

そんな声をかけられる。不思議に思ってそちらを見ると、スーツ姿の矢島さんが笑ってこっちを見ていた。店員さんと話していたようだ。

「あ、いや。通りかかったんで、どんなものが置いてあるのかなあって、寄ってみたんです。矢島さんが店で接客するんですか？」

「違うよ。風間の野郎を待ってんだ。一緒に得意先へ謝りに行かなきゃなんねえ。自分の仕事もあんのにさ。損な役回りだよ」

「あらあら。お父《とう》さんみたいですねえ」

楓さんがからかうと、

「どうせなら、楓ちゃんみたいな娘が欲しかったよ。ったくあの野郎、なにしてんだ」

矢島さんはため息交じりに言った。心中察するに余りある。

「ま、ゆっくり見ていってよ。デートするにゃ盛り上がらない店だけどさ」

目尻《めじり》のシワを深くして、矢島さんは言った。おれと楓さんは軽く頭を下げて、店内を散策する。

店の中はちょっと高級な小物店に似た雰囲気で、色んなものが瀟洒《しょうしゃ》に飾ってあった。キョロキョロ見渡すが、店内の全ての品に香木が使われているようで、ショーケース越しでもおれの鼻には強く香ってくる。混じり合っていてどれがどの品か分からないが、不快な香りはない。どれも安くないし、きっと品質が良いのだろう。

「扇子とかもあるんですねえ。こっちには財布もある。あー。このちっこいのは手紙に入れるみたいですよ、ホラ」

「面白いでしょ？　青クンもね、香木が好きだったの。よくお香とか、色んなものを買ってきてたわ。……安くないのにね」

最後だけ声を落とした早口で喋り、楓さんはイタズラを仕掛けるような微笑みを浮かべた。

「お墓で焚いたお線香も、ここのものなの。青クン、喜んでくれてるといいけど」

楓さんが願いをこめるような口調で言ったとき、

「バッカ野郎！」

小さいものだが、強い叱責《しっせき》の声が聞こえてくる。二階からか？

他の店員さんも上を向き、

「部長と風間君でしょ？　止めてきてくださいよ。下まで聞こえてきたんじゃ接客できませんよ」

と、同じく天井を見上げている矢島さんへ言う。

「しょうがねえな」

矢島さんは返事をするように呟くと、視線を下ろした。すると様子を見ていたおれと目が合う。

「風間がな。ちょっとな。ま、ゆっくりしていってちょうだいよ」

彼は取り繕った笑顔をおれに向けると、慌てた様子で店の奥へ引っ込んでいった。

「風間さんも、怒られて大変ねえ。まだ営業に慣れていないから……」

楓さんが、矢島さんの去った方を見て言う。

「でも、環境が変わったら、自分も変化していかなきゃ。ずっと学生じゃいられないんだし。きっと、すごくしんどいと思うけど……」

おれはそう答える。言ったあとで、自分を棚に上げていることに気が付いた。そして視線は、楓さんの指輪に向けていた。

◎

銭湯は良い。

いまのおれに許された、唯一の贅沢《ぜいたく》である。

普段入るのは朝風呂なのだが、店が早く終わるとギリギリで近場の銭湯の営業時間に間に合う。そんなときは夜中でもマイ銭湯セットを持参して、急ぎ足で銭湯へ向かうのだ。おれは夜空の下で入る露天風呂が大好きである。

平日の深夜。ほぼ貸し切りになっているおれの部屋よりデカい風呂。考えてみると王様みたいなリッチさだ。

まあ、料金はバカにならないが……。でも住み込みで働いている『四季』に風呂がないから、これぼかりは仕方がない。

ちなみにおれの給料は月三万円。そして支出の半分は銭湯代だ。

住み込みの賄い付きとは言え、ちょっとアレ過ぎやしないかと思うが……。いや、考えまい考えまい。店の台所事情は分かっている。

幸せになるコツは、幸福だけを噛みしめて不幸に悩まないことだって、肺癌で亡くなったばあちゃんが言ってた。そうだ。銭湯は良いものなんだ。それだけで充分。実家にいたときと比べて、いまがどれだけ果報なことか。

おれはコンビニに入ると今日もらった初給料で、パックのコーヒー牛乳を二つ買い、帰途に就く。一つは帰りの道すがら、一つは帰ったあとで。

仕事が終わったあと、銭湯帰りに飲むコーヒー牛乳。見上げれば、雲一つない夜空に満天の星が輝いている。このゴールデンコンボに勝る幸福が他にあるか？　ありそうだな。うーむ。

おれは腕を組みつつ、どうお願いして給料を上げてもらうか考えながら歩いていく。そしてかつて寝泊まりしていた公園の近くを通ったとき、風に乗って、なんとも言えない良い香りが漂ってきた。

人工的ではない複数のものが混じり合った、覚えのあるこの香り。

――華香堂？

香りは公園の中からだ。時計を見ると深夜の一時半。植え込みがあって外から中は見えないが、まさかこんな時間に？　いや、気のせいだろう。

おれはそのまま通り過ぎようとしたが、しかしどうも気になる。一時とは言え、自分が過ごした公園だからなおさらだ。

――もしかしたら、知った人がいるかもしれない。矢島さんか風間さんか、他にも華香堂の社員は何人か店に来てくれた。

そう思うと、入って確かめた方がいい気がする。もし知り合いがいたら、状況として声をかけるのに都合が良い。こんな場所での偶然は営業効果も高いだろう。

我ながらちょっと打算的に過ぎるかとも思うが、これもバーテンダーとしての成長だと思いたい。久々の深夜の公園は気味が悪くてちょっと気が引けたが、まあ、ずっとここで寝泊まりしてた訳だし、たぶん大丈夫。おれは息を飲み込むと、思い切って公園へ足を踏み入れた。

中の雰囲気は案の定、不気味の一言に尽きた。まっ暗な中で風が木々を揺らせば、それは人の声のようにざわざわと騒がしい。虫の音もひっきりなしに聞こえてくるし、いま、『四季』から放り出されてもう一度ここを根城にしろって言われたら、もう正気を保つ自信がない。

パッと見て無人だったら、さっさと引き上げよう。どうせ誰もいやしない。おれは恐る恐る植え込みから顔を覗かせて中を窺うが、予想に反し、中にはブランコに座る人影が見えた。

あらら、ホントに人がいた。

おれは意外な気持ちで、更に目を凝らす。するとよく見るとそれは風間さんで、彼は頭《こうべ》を垂れ、まるで悪い夢を見たあと寝付けない子供のように、肩を落としてその場にじっとしている。

そう言えば今日、なんか会社で怒鳴られてたっけ。あの姿は、つまりそういうことだろう。

どうする？　スルーした方がいいか？　話しかけちゃ迷惑かもしれない。一人で落ち込みたい日もあるだろうし。

とも思ったが、そこで項垂《うなだ》れる彼は一ヶ月前の自分とも重なる。事情は違うが、おれもあのときは気がおかしくなるほど心細かった。

「なにやってんですか」

迷ったが、おれは努めて明るく声をかけた。風間さんは驚いたように顔を上げると、

「……北条さんですか……。ダッサいとこ見られちゃったなあ」

また元の姿勢に戻った。人を見てがっくりしないで欲しい。

「そんなこと思っちゃいませんよ」

言いながら彼の隣のブランコに座り、

「これどうぞ。奢ります」

持っていたコーヒー牛乳を一つ渡すと、彼は怪訝《けげん》な顔でそれを受け取る。

「初給料が出たんで。おれは矢島さんみたいに恩に着せないから、大丈夫ですよ」

「なんでコーヒー牛乳？」

風間さんは半笑いで聞いてくる。そういう態度が怒られる原因じゃないかね。

「さっき銭湯に行ってきましたからね。風呂上がりに買ったんですよ」

「風呂上がりに？　そういうときって、普通ビールとかじゃないですか？　北条さんなら日本酒なのかな」

「あー、おれはダメなんですよね」

答えると、風間さんはこちらを向いて首を傾げた。

「ダメ？　なにが？」

「おれ、酒が飲めないんです。体質で。すぐ気分が悪くなる」

「えっ、マジ？」

彼は心底、意外という顔をした。まあ、言いたいことは分かる。

「だって北条さん、日本酒の味も知ってるじゃないですか。あ、もしかして裏のラベルで分かるんですか？　この間、ネットでちょっと調べたんですよ。日本酒度とかアミノ酸度とかって、アレ」

「えっと、官能評価ですね。あれも大事ですけど、おれはあまり見ないかな。一般的に日本酒度が高いと辛口、アミノ酸度が高いと濃醇《のうじゅん》になるって言われてますけど。でもまあ、あれは目安ですよ。日本酒度が高くても甘く感じる酒はたくさんある」

「じゃ、どうやって味を測ってるんですか？　前に言ってた嗅覚？」

かわすようなおれの答えに、風間さんは尚も食い付いてきた。彼がおれにそこまで興味を持ってくるのはちょっと意外な感じがする。もしかしたら『四季』で働き始めたばかりのおれと、自分の境遇を重ねているのかもしれない。

「嗅覚も、もちろんありますね。それによって料理とのマリアージュをイメージする訳ですし。あとは実家にいるとき、色んな銘柄の酒を嫌ほど唎《き》かされたから」

「唎くって味見って意味でしょ？　それなら飲めるんじゃ？」

「いや、品評会とかで酒を唎くときって、本当に飲むわけじゃないんです。でないと何十何百と唎かなきゃいけないのに、味覚が酔いでダメになるでしょ？　それでもちょっとは体に入っちゃって、苦しかったな」

「ああ、そうなんですね。……あれ。でも、品評会って。そう言えば、確か北条さんの実家は……」

「ええ。酒蔵です。北条酒造《ほうじょうしゅぞう》っつって、かなりアナクロな」

「えっと……」

風間さんは追及の言葉を失う。いくらはっきりもの言うタイプでも、さすがにここから先は憚《はばか》られるのか。確かに酒蔵の息子《むすこ》が下戸で、東京の日本酒バーで働いているという状況からは、なんらかの特別な事情を感じずにいられないだろう。

ま、隠すような話じゃないし、別にいいんだけど。

「……実家にいるときは、おれ、すげえ厄介者でね。弟がいるんですけど、こいつが優秀だから余計に。蔵の連中も、おれには腫《は》れものに触るみたいな感じだったし」

自分から話すと、風間さんは話の続きを期待するように頷いた。

「んで、親父はまた昔気質《むかしかたぎ》な性格で、おまけに熊《くま》みたいな体格してるんです。おれ、この体質のせいで嫌われててね。反抗的だったし。なんと言うか、あんまり言えないような目にも、よく遭って」

「――で、実家を出てきて『四季』に？」

「まあ、そういうことです。あるとき全部嫌になって、逃げ出して」

「……そうですか……」

風間さんはそう答えると、少しブランコを前後させ、ため息を漏らした。

「じゃあ『四季』は、飲めない人がバーテンダーやって、飲める人が料理担当ですね。変な組み合わせ」

冗談めかしたことを言って彼は自ら笑うが、

「……楓さんも、飲みませんね」

おれはそれも否定する。

「そうなんですか？　赤橋さんも、体質で？」

「まあ、そんなとこかな……」

と、返事をしてみるが、実は違う。

本人曰く、楓さんは酒が強い。青葉さんも酒豪《しゅごう》と謳《うた》われていたが、自分は彼よりも更に飲めたのだと胸を張る。

そんな二人だから休日には一緒によく酒を飲み、青葉さんはそれを祭りのようだと砕けた調子で話していたらしい。彼と共に飲む酒は楽しく、話し込んで夜を明かしてしまうことも度々あったようだ。

しかし楓さん、いまでは飲むと当時を思い出してしまうため、日本酒に口を付けることはほとんどないとか。一時は日本酒のボトルを見るだけでも気分を暗くしていたという。

それを話したときの楓さんの様子はさながら告解のようで、彼女は羞恥を隠すように小さく笑っていた。これも呪いの一つだな、と思い、おれは「いずれ飲めるようになりますよ」と、けっこう無責任なことを言ってしまったのを覚えている。

「――なんか、すごいですね。飲む人がいない日本酒バー」

「確かにね」

おれが同調してコーヒー牛乳に口を付けると、風間さんもそうした。彼は勢いよくそれを喉へ流すと、プハッと息継ぎをするように口を離した。

「……矢島さんから、聞きました。今日、『四季』の二人が、オレが怒られているときに店へ来てたって」

「……ええ。偶然。……営業、大変ですか？」

おれも彼の姿勢を倣い、前を向いて言葉を返す。

「大変ですねえ。大学時代に戻りたいです。ストレスのせいか、最近は過食気味で。少し太りました」

「あらら。落ち着いたらダイエットですねえ」

軽く言ってみるが、彼の愁眉《しゅうび》は開かない。もの悲しく遠くを見つめている。

「ホント、しなくちゃヤバいですよ。みっともない。でも、落ち着くことなんてあるのか……。だいたい、悪いこともしてないのに、なんでやたらめったら上役が怒ってくるのか分かんないです」

「えっと、お得意さんとこの女の子ナンパしたんでしょ？　逆に聞きますけど、なんでそれで怒られないと思ってたんですか？」

「だって悪いことしてないじゃないですか。個人の自由ですよ」

これは強い。矢島さんが手を焼く訳だ。

「……会社勤めの経験ないけど、そりゃ違う気がしますよ。風間さんも、もうなんの義務もない学生じゃないんだから」

否定を口にすると、風間さんは黙ってしまった。おれはそのまま話を続ける。

「……あの……、話逸れますけど、ウチの実家の杜氏《とうじ》、酒造りのシーズンオフになると、営業に回るんですよね。で、その人曰く、営業回るときは酒造りから、営業の頭に意識を変えないといけないって言うんですよ」

「意識を？」

風間さんは意外そうな顔で聞き返してくる。

「そうです。考えてみれば当たり前ですよね。酒造りも大変だけど、営業とは必要な技術が違う。酒造りすることばっかり考えて酒を売っても、たぶん売るのは難しいでしょう。意識って目に見えないから分からないだけで、すごく重要なんだと思います」

「えっと、オレのこと言ってます？」

「そう感じたんなら、そうなんだと思いますよ」

言ってから時計を見ると、もう二時を回っている。そろそろ帰ろうかと思いおれがそこから飛び下りると、ブランコは後ろに大きく跳ね上がった。錆《さ》び付いたそれがきしむ音は、どこか悲鳴のようにも聞こえた。

「おれも逃げといてえらそうに言えないですけど、でも、いまは『四季』のバーテンダーっていう環境に、自分を合わせようと必死ですよ。実家にいたときと同じ感覚じゃ、きっとまた逃げ出すハメになる。それは嫌だから」

「……どうしても、無理だったら？」

彼も立ち上がりながら、問いかけてくる。おれは首をひねって、

「さあ……。おれみたいに、逃げ出しますか？」

と、冷やかすように言った。

「それは、嫌ですね。ダサいマネはモテない」

彼は鼻で笑うと、

「でも、自分を曲げるのも嫌です。オレはオレだし」

そう続けて鞄を片手に歩き出した。

おれも隣に並んで、公園の出口へ向かい歩き出す。なんとなく空を見上げると、そこでは昨日よりもちょっとだけ細くなった月が、いつもと同じようにのんびりと浮かんでいた。

そしてふと気が付くと、公園の空気を、もうおれは不気味に感じていなかった。風間さんと二人で歩いて、ちょっと気分が切り替わっているのかもしれない。

おれは一つ伸びをし、そして公園の入り口で風間さんに別れを告げた。

彼はおれと話をして、少しは気が紛れただろうか。自暴自棄《じぼうじき》にならなきゃいいけど。

帰り道で残りのコーヒー牛乳を飲み干し、そう思う。自分を棚上げして厳《きび》しいことを言ってしまった後悔が、胸にじわりと侵食していた。

そうだ。次に風間さんが店へ来たとき、一杯奢ってみようか。

きっとすぐに来てくれる。そのときのために、彼用の酒を仕入れておかなければ。

風間瑛士《えいじ》

三日かけて、上司に連れ回された謝罪行脚《あんぎゃ》がやっと終わった。

就職浪人を免れて華香堂に拾ってもらったまではいいけど、こんな有り様じゃ全く喜べない。営業、というか社会に出て働くということに、オレは向かないのかもしれない。

もっとも客にヘコヘコ頭を下げたり、上司に媚《こ》びたりするのが社会人だって言うのなら、そんなダサいマネは自分のプライドにかけてお断りだ。そんなことをするくらいなら、オレはこのままでいい。

まあ、こういう考え方が、そもそも社会人として失格なのかもしれないけど。

——そう言えば矢島さん、面接でやらかしたオレの振《ふ》る舞《ま》いが気に入ったって言ってたけど、結果がこれじゃ、採用したの後悔してるだろうな。

それにしても、営業という職種とオレの性格。相性が悪いことは明らかなのに、そもそもどうして矢島さんはオレを採ろうと思ったんだろう。不思議でしょうがない。

客からこれだけ嫌われるようなヤツなんか、オレなら絶対に願い下げだけど……。

その内改めて聞いてみるか。『その内』があればの話だけど。

まあ、今日はそんなことをあまり考えないようにしよう。久しぶりに早く帰れた。ちょっと息抜きがてら、『四季』に寄ってみようか。

一昨日《おととい》は愚痴《ぐち》って気を遣わせたし、なんだか秘密めいた話も聞いてしまった。まさか日本酒バーのスタッフが、両方とも酒を飲まないとは驚きだったけど……。

なんにせよ、飲みに行ってあのときの礼を言わないとモヤモヤする。オレは駅までの道をちょっと遠回りすると、『四季』に立ち寄り、その格子戸に手をかけた。そして和の雰囲気漂う酒落《しゃれ》た店内へ足を踏み入れる。

「いらっしゃいませ」

中へ入ると、北条さんが応対の言葉を響かせた。

見回すと客が四人ほどいたが、それぞれ連れと話していて、店内は落ち着いているようだ。北条さんと少し話したかったので、ちょうどいい。

「お一人ですか?」

北条さんが人さし指を立てて聞いてくるので、オレは頷く。すると彼は手のひらを端の席に向け、そこに案内してくれた。促されるままに座ると、オレは肩をすぼめて彼へ軽く頭を下げる。

「どうも、こないだはすいません。変なこと聞いちゃったり、愚痴ったり……。マジ凹《へこ》んでて」

「いえいえ。もし少しでもお役に立てていたら、嬉しいですよ」

北条さんはそう言って、和《やわ》らぎ水《みず》と呼ばれるチェイサー、お通し、それにお手拭《てふ》きをカウンターに置いた。オレはそれで手を拭きながら、

「じゃ、酒、お任せで頼んます。美味しいヤツね」

と、頼む。

日本酒はまだよく分からないし、プロに任せた方が無難だろう。酒が飲めないとは言え、あの日、北条さんが選んだ日本酒は間違いなく美味かった。

「じゃあ、そうですね。今日は二つ、飲み比べて欲しい酒があるんです。奢りますから、感想を聞かせちゃくれませんか？」

「え、ええ。いいですけど……。でもオレ、素人ですよ？」

「楽しむ酒に、玄人《くろうと》も素人も関係ないですよ」

北条さんはついたてで銘柄を隠しながら酒を注ぐと、

「まずはこちらのお酒をどうぞ。もう一つは燗酒なんで、いまから準備しますね」

そう言ってぐい飲みをカウンターに置く。そしてその一方で、この前みたいに湯煎

の準備を始めた。

しかし、礼を言いに来たのに奢られるとは……。これってミイラ取りがミイラになる的なヤツでは？　ちょっとでも店の売り上げに貢献しないと、なにしに来たのか分からない。

「えっと、じゃあなにか、食うモンもらえますか？　酒に合うヤツ」

調理場にいる赤橋さんへ頼むと、

「はーい。作ってあるんで、すぐ温めますね」

着物姿の彼女は振り返り、笑顔を見せた。最初に食えないものだけ言っておけば、こういう頼み方ができるのが『四季』の長所だ。それに作り置きを温めるのは、前に来たときにはなかったパターンである。色々な工夫が嬉しい。

「じゃあ先に酒、もらいますね」

オレは言ってから、カウンターに置かれたぐい飲みの中身を覗き込む。するとその酒は白く濁《にご》っていて、この前に飲んだものとは様子が違った。

「……前に飲んだのは黄《き》みがかった透明でしたけど。これ、不良品じゃないですか？　大丈夫？」

「もちろんですよ、失礼な。白いのは澱《おり》って言って、まあ、言ってみれば米の破片や酵母《こうぼ》のカス。粗く濾《こ》して、わざと残してあるんです。透明なものより、酒本来の旨みが強くなってるんですよ」

「へーえ」

日本酒では常識的なものなのだろうか。普段、あんまり飲まないオレには分からないけども。

ものは試し。オレは探るように、そのぐい飲みにくちびるを付け、中身を口の中に流し込む。

するとそこから伝わってくるのは、濃熟な旨み。そしてほんのりとした甘みだった。味にはしっかりと芯《しん》が通っているし、しかもあとには酒らしい辛みも広がって、オレの味覚を程よく刺激する。

「すごい。好きッスよ、こういうの。さすが」

感想を述べると北条さんは、

「ありがとうございます。で、この酒に合う料理は……」

と、言いながら、着物姿の赤橋さんから料理を受け取っていた。なにが出てくるんだろう。前に食べたお浸しも美味かった。

ワクワクして待っていると、カウンターに置かれたのは予想外の料理。

「これでどうでしょう。風間さんのために考えました。『蕎麦粉とチーズのとろとろ和風キッシュ』です。栄養も満点で低カロリー。ちょっとしたダイエットメニューですよ」

「おお」

まさか日本酒バーの、これだけ和風な店でキッシュが食べられるとは。いや、それよりも、低カロリーだって？　まさか。

「……もしかして、オレが少し太ったって言ったの、覚えていてくれたんですか？」

「ええ。蕎麦粉とカッテージチーズを使ったそれなら、カロリーが抑えられますから。おれも食って美味かったし。味には太鼓判押しときます」

「冴蔵ちゃんなんて、二枚も丸ごと食べたんですよ」

北条さんの得意げな顔に、奥の調理場から赤橋さんが笑って突っ込む。だけど、オレは料理を見たまま、そこから視線を外せなかった。

あんな夜中にこぼしたたわいない愚痴のほんの一部を、まさかこんな形で汲《く》み取ってくれるとは。こういう好意を受け取ると、心の中が透き通るような気持ちになる。

オレは嬉しくて、でもその表情を見られるのは照れ臭く、二人に顔を向けないようにしながらフォークでキッシュを切り、口へ運んだ。

美味さはやはり予想通り。信頼していた通り、と言い換えてもいいかもしれない。低カロリーだからといってパンチ不足はなく、噛むとチーズの温《ぬく》もりの中にタケノコやみつばなどの歯ごたえが感じられ、それはさっくりとしたタルトの食感を程よく補っていた。食後にほんのり香るゆずも良いアクセントになっている。しつこくないが、さっぱりし過ぎてもいない、絶妙な味わいだ。

そしてなにより、北条さんが選んだだけあって酒と良く合った。口に入ったときの濃さのようなものが、酒と料理で同程度とでも言えばいいのだろうか。美味しい二つが混じり合い、更に美味い一つの味を形成しているような感じだ。加えてオレのことを考えて作ってくれたと思うと、自分がこの店の常連になる姿が容易に想像できる気がした。

「いや、美味いですよ。家じゃコンビニ飯ばかり食ってるんで、ありがたいです」

「それは良かった。でもこのキッシュ、風間さんがいま飲んでる酒にも合いますが、どっちかというとあとの燗酒に用意したものです。更に美味くなりますよ」

北条さんは屈託なく目を細くして微笑む。奥にいる赤橋さんも同様だ。

「そろそろ用意ができました。じゃあ次は、その燗酒を試してもらいましょうか。こちらです」

北条さんはカウンターに、湯気立ち上る銀のぐい飲みを置く。次はどんな酒だろう。オレは置かれたそれを手に取り、中身を見た。

「お。こっちも白く濁っている」

しかし見た目は一緒でも、香りは最初に飲んだものより、一段強い力強さを感じられる。太く、奥行きがあるとでも言ったらいいのか。それは湯気に交じって、心地良くオレの鼻をついた。

――これは、どんな酒だ？

視線にそう意味をこめて、オレは北条さんの顔を上目遣いに見入る。しかし彼はなにも答えず、ただ微笑んで「どうぞ」と、言うばかりだ。飲んだら分かる、ということなのだろうか。

オレは促されるように、出された錫《すず》のぐい飲みに口を付ける。そしてそのまま口の中を潤すと、まずピリッと引きしまった辛みが舌の上に立ち、それからぼうっと膨らむような、コクのある甘みが口の中で広がった。

「……美味い。さっきのよりも柔らかいというか……。こっちの方がオレは好みですね。やっぱり最初に飲んだ酒と、作り方とか材料に違いがあるんです？」

「いいえ」

北条さんはそう答えるとニヤリと笑い、カウンターに一本のボトルを置いた。

「飲んでもらったのはどっちもこれ。『純米吟醸酒《じゅんまいぎんじょうしゅ》　十《じゅうじ》　旭日《あさひ》にごり加《か》水《すい》火《ひ》入《い》れ』。島根《しまね》県《けん》、出雲地方にある旭日《あさひ》酒造《しゅぞう》のお酒です。キッシュに使った蕎麦粉も出雲産のものですし、良い組み合わせになりました」

「え？　どっちも同じ？」

「そうです。一本目は冷やで、二本目はぬる燗で出しただけ。同じ酒ですよ」

「マジですか。信じられない」

飲んだものは、明らかに別の酒だった。本当に温めるだけで、酒がここまで変わるものなのか？　不思議で堪《たま》らない。日本酒、奥が深過ぎる……。

感嘆を漏らすように、オレはその酒器の中身にじっと目を凝らす。すると我が意を得たりといった感じの北条さんが、ボトルをカウンター下に仕舞《しま》いながら口を開いた。

「これは特に燗上がりする酒と言われていて、温めると酒質がグンと伸びるタイプですね。ファンの方も多いですよ」

「そうなんですねー。温めて飲むと、味まで……」

そのぐい飲みを眺めたまま返事をすると、

「まあ、好みもありますし、それをどう感じるかは人によるんですが。でも酒だって美味いと言って飲まれる方が、きっと嬉しいでしょう。そのために温まったり、にごったり。人の好みを無視していつも常温や冷やじゃ、飲む人の期待を裏切っちゃう」

北条さんはそう続けた。

酒でも期待を受けて変わるのか……。確かにそうなって誰かが喜ぶのなら、その方がいいに決まってる。変化する工夫も大事なんだ。

と、そう思ったとき、その状況がなんとなく、いまの自分に近いような気がした。

気のせいかとも思ったが、

──そう感じたんなら、そうなんだと思いますよ。

ふと、あの夜の北条さんの言葉が、頭の中に浮かんでくる。カウンターの中を見てみると、

「そう言えば誰かも、期待を受けて社会人になってましたよね。酒みたいに温まれば、良い営業マンになりそうな誰か」

そう言って、北条さんはなにかを含んだような笑顔を見せた。

──クソ。こんなとこでも説教か。

「……その誰かは、社会に負けて自分を変えるのは真っ平らしいですよ」

当たり前じゃないか。自分を犠牲《ぎせい》にしてまで……。

彼に答えてしまうと、会社のことを思い出してしまって少し気分が暗くなる。そして、もしかするとそれが表情に出ていたのかもしれない。いつの間にか前に立っていた赤橋さんが、

「風間さんは社会に種を飛ばされたばかりで、まだ芽が出てないんです。お酒にたとえると、まだまだ温まってる最中。飲み頃になったら、きっと芽が出て大きな花を咲かせますよ」

と、慰《なぐさ》めるように言って、空になったキッシュの皿を下げた。しかしちょっとささくれたオレの心は、どうしてもそれに反論してしまう。

「……あんまり適当なこと言わないでくれます？　営業に向いてないの、自分でも自覚があるんですから」

「そんなことないですよぉ。適当じゃないです」

「へえ。じゃどうしてそう思うんですか？」

「カン……」

と、言いかけた赤橋さんの言葉へかぶせるように、

「も、もちろん根拠はありますよ」

北条さんがちょっと焦って口を開く。

「えっと、前に言ったでしょ？　おれ、鼻が利くから、酒にどんな味が合うか、なんとなく分かるって」

覚えている。確かあの夜に言っていた。感覚によって他のイメージも湧くのなら、それは前、なにかのテレビで見た共感覚のようなものだろうか。

「だから、きっと矢島さんも一緒ですよ。あの人も営業として一流だし、経験も豊富です。風間さんはそんな人に見込まれたんだから。それが充分な根拠じゃないですか」

「……見込み違いですよ」

「断言してもいいですが、おれは香りによるイメージを間違えない。きっとベテラン営業マンの矢島さんもそう。おれから見たら、風間さんは温めている最中と言うより、湯煎されるのを拒んでるだけだと思うんですよね」

彼はそこで一つ、息を吐いた。そして視線を少し硬くして、こちらを見据える。

「そもそも風間さんはもう、学生から社会人に変わっちゃってるじゃないですか。意識の方だけ学生のままってのは、道理が通りませんよ」

「いや……。道理というか……」

「風間さん。社会人になるのはそんなに嫌ですか？　どんなに変わっても風間さんは風間さんでしょ？　冷やでも燗でも同じ十旭日のように」

北条さんは、少し棘《とげ》の立った口調でそう話す。

――変わってもオレはオレ？

錫の酒器に映る自分の顔が、グラリと揺れる。なんだか持っていた価値観の輪郭《りんかく》が、曖昧になったのを感じた。

「おれもバーテンダーになって色々変われました。まずお客さんをみんな好きになりましたし。周りから必要とされて責任を果たすの、やり甲斐《がい》ありますよ」

北条さんは、考え込むオレにそう続けた。オレは彼の言葉に、先ほど食べたキッシュを思い出す。あれもきっと、彼がバーテンダーという職業を選んで適応した、その成果の一つ。

「……北条さんは、バーテンダーになって、自分を変えましたか？」

「自分なんか変えようがないですよ。でも『四季』に相応しいバーテンダーになろうと、努力しています」

ああ、そうだ。いま、なにかが胸の中でストンと落ちた。

きっと北条さんと赤橋さんは、その変化で自分が持つ、アイデンティティのようなものを変えろと言ってる訳じゃない。適応の話をしているんだ。冷やと燗で全く違う味わいを見せるこの十旭日のように。

オレは、いままでどうだった？　気を付けながら振り返ると、謎だった上司の怒りの理由が、なんだか少しだけ分かったような気がした。

――ここで、こんなことに気が付くなんて……。

顔を上げ、目の前のバーテンダーを見て思う。自分を保ったまま新たな道へ一歩を踏み出すのは、それは社会人として、とてもカッコ良いことかもしれない。

なら、オレも――。できるか？　そのとき、周りは？

オレは自分がこの十旭日のように周囲に適応し、みんなが飲んで喜ぶ姿を想像してみる。それは、予想していたよりも喜びに満ちた光景だった。

もしかするといまが、決意を固めるときかもしれない。こんなときにそれが訪れるとは思ってもみなかったけど。

正面にスタートラインが見えた気がして、オレは空になった銀のぐい飲みをグッと握る。すると北条さんが再び十旭日を取り出し、カウンターに置いた。

「どうです？　もう一杯。さっきはぬる燗だったけど、次は熱燗で。また、違った味になりますよ」

北条さんはそう聞いてくる。オレはくちびるを引き結ぶと、持っていたぐい飲みを突き上げるように持ち、彼に返した。

「これに、注いでください。思いっきりアツくしたヤツを」

自分の意思を表明するような気持ちで言うと、北条さんは嬉しそうに口角を持ち上げた。すると調理場にいた赤橋さんがこちらを向き、にっこり笑って言った。

「たとえどこに飛ばされても、吹かれた場所に根を下ろすのが、強い花ですよ。矢島さんに水をもらって、大きな花を咲かせてね」

◎

「まった怒られて残業してんだよ、あいつ」

風間さんが来店した三日後。今日は矢島さんが店に来て、ため息交じりにそう愚痴った。

「まだまだ新人営業マンですもの。お話していても楽しいし、いつかきっと矢島さんを追い抜きますよ。──ねえ、冴蔵ちゃん」

「ええ。考え方も柔らかいですし。いつかきっと」

振られた話に答えると、

「その『いつかきっと』は、いつの話だよ」

矢島さんは苦笑いを浮かべ、手元の猪口を一気に呷った。

——あの日の、風間さんの帰り際。

『オレ、やってみますよ。やれるだけ。いきなりは無理かもしれないけど、少しずつ、やれることから』

酔いか興奮か、彼は紅潮した頬を引きしめてそう言った。決意の表れか、口調も少し大人《おとな》びた気がした。

——そう。少しずつ。いきなりは難しいけど。

あの口調を思い浮かべると、きっと風間さんは自分なりの大事なものを見つけている途中なんだろうな、と思う。乗り越えるべき壁は高いだろうけど、挑戦すること自体が彼を強くするのだと信じたい。それを『四季』が少しでも手伝えるなら、おれも嬉しいかな。

それにおれは、なんだか良い競争《きょうそう》相手ができたみたいで、そういう意味でも嬉しかった。いずれあの日のことを、二人で笑って話せたらいいな。お互いに若かったね、なんて言いながら。

そう思って一人でニヤついていると、

「でもなあ」

矢島さんはまだ話を続ける。その表情には、ちょっとだけ笑みが含まれていた。

「なんか最近のあいつ、ちゃんと仕事に向かうようになったんだよなあ。相変わらず失敗は多いけど、態度はマシになった。だから得意先からも、前とは違って可愛がられ始めてるよ。いまだって、どっちかというと……」

「矢島さん！」

話の途中、大きな音を立てて入り口の戸が開かれる。

すると噂《うわさ》をすれば影とはよく言ったもので、そこに現れたのは、ゼエゼエと息を切らせた風間さんだった。ただごとじゃないその様子に、店内のお客さんは全員、風間さんに視線を集中させて息を呑んだ。

「けっけっ……」

「け？　落ち着け風間。なにがあった？」

眉間《みけん》にシワを寄せて質《ただ》す矢島さん。すると風間さんは大きく息を吸い込み、

「けっ、契約取れました！　さっき怒られてたら！　なんか知らないんですけど！」

喜びと言うより驚きの顔で、彼は持っていた書類を矢島さんに掲げて見せた。しかし構えて言葉を待っていた矢島さんは、まるで昭和《しょうわ》の漫画みたいな動きで、体から空

気が抜けていくリアクションをする。

「この……」

「矢島さん、どうしましょう。これ、これ」

すがるような風間さんに、

「バカ野郎！　仕事の話をこんなとこまで持ってくんな！」

怒鳴る矢島さん。でも、その声の包むものが怒りではなく喜びであることは、彼の表情を見ていたら誰の目にも明らかだった。

「い、いや……。でも、どうしたらいいか……。得意先も、なんかしょうがないなって感じだったし……。仕事の進め方とか……」

「なに言ってるか分からねえよ。オラ、来い！」

そう声を上げて矢島さんは、脱いでいたジャケットを肩に掛けて立ち上がる。

「悪いな、楓ちゃんに北条クン。お勘定頼むわ」

「え、ええ。でも、いきなりどこへ？」

会計をしながら聞くと、

「会社に戻るんだよ。新人が取ってきた初仕事だ！」

彼は破顔一笑して、万札を一枚、キャッシュトレイに置いた。

「悪いね。お釣りは取っといて。二人でなんか食べに行ってよ。ごちそうさん」

「えっ！　あの、ちょっと！」

　おれは止めようとするが、矢島さんは耳も貸さずに振り返る。そして入り口で待つ風間さんの首を掴むと、

「まずは会社帰って発注作業だよ！　俺まで巻き込みやがってこの野郎！」

　と、まるでじゃれ合うように彼の首に腕を回し、がっちりとホールドした。ヘッドロックをかけられた風間さんは苦笑いを浮かべると、わずかな腕の隙間《すきま》を使ってなんとかおれたちに会釈をし、そのままの姿勢で向こうへ去って行く。そうして二人が見えなくなると、店のお客さんも苦笑いで、また各々の輪の中へ戻っていった。

「風間さんすごいねえ。矢島さんも嬉しそう」

　楓さんは二人の去った方を見ながら言う。

「しかし、もらっちゃっていいんですかね、このお釣り……。半分以上がチップになるけど……」

　缶コーヒーを恩に着せるような人なのに……。困って首を傾げると、楓さんは『良いこと思い付いた』って感じで、スッと人差し指を立てた。

「ねえ、冴蔵ちゃん。これ、置いといて、次に風間さんが来たときに使いましょ。お

祝いに」

「あ、そうですね。そうしましょう」

意見に乗っかると、楓さんは満足そうに微笑む。

――風間さんは、変われたのかな。

そうだといいな、と思う。さっきの顔は驚きつつも晴れ晴れしていたし、契約のことを聞いた矢島さんは嬉しそうだった。

「そう言えば冴蔵ちゃんも、家出息子からバーテンダーに燗されてる途中だよね。飲み頃はもうそろそろかしら？」

考え事をしていると、楓さんが茶化すように言った。

「ええ。実家じゃ煮られ過ぎて、文字通り蒸発してしまいましたが」

「あらあら」

楓さんは手で口を隠すと、可笑しそうに声を立てて笑った。

そう。おれは変わり切れず逃げ出した。いまはこうしてやり甲斐のある仕事をしているけど、前の場所での決着は、まだ付けられていない。

そりゃもちろん、きちんと身の回りを整理した正しい撤退や身の引き方もあるけれど、おれの場合は全てを放棄した臆病者のそれだ。正直、風間さんが羨《うらや》ましくもある。

そして。

おれは口を隠す楓さんの手を一瞥し、息を吐く。

――それはきっと、楓さんも同じ。あの指輪に囚《とら》われたきり。

互いに時計を止めたままのおれたちは、楓さんの言う大きな花を、いつか咲かせることができるだろうか。

読んだら飲みたくなる！
日本酒BAR 四 -Shiki- 季 お品書き

様々な飲み方が楽しめる
マルチタイプ

純米吟醸酒 十旭日 にごり 加水 火入れ

蔵名：旭日酒造有限会社
創業：明治2年（1869年）
住所：島根県出雲市今市町662
HP：
http://www.jujiasahi.co.jp

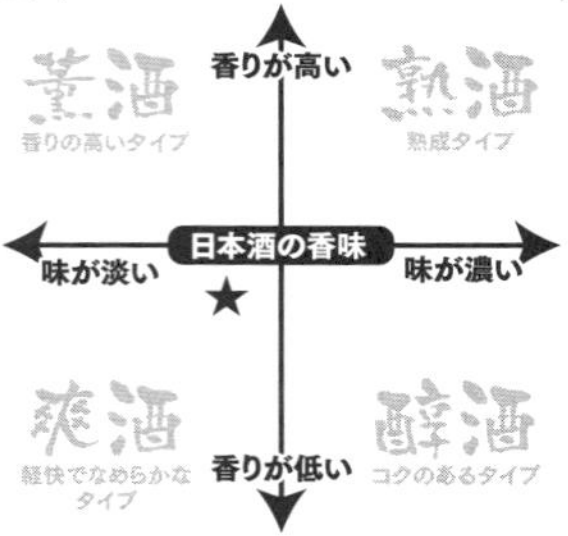

「純米吟醸酒 十旭日 にごり 加水 火入れ」は、島根県産酒造好適米「改良雄町」を、にごり酒に仕上げたものです。にごり酒としては、なめらかな飲み口が特徴。前半に広がるなめらかな甘味と旨味、後味を引き締める酸味と苦味がバランスよくまとまっており、様々な飲み方が楽しめるマルチタイプといえます。よって、楽しみ方も一ひねりアレンジを加えた料理を合わせてみるのがお勧め。プロセスチーズの酒粕漬け、酒盗のクリームチーズあえ。または焼き白子、雲丹のスフレ、湯葉の蟹あんかけなど、食感の柔らかな料理が調和の方向を示します。

赤橋楓の
オススメ
マリアージュ料理

蕎麦粉とチーズのとろとろ和風キッシュ

さっくりとした生地はほろりと崩れ、タケノコのしゃくしゃくとした食感と三つ葉の風味がマッチして美味しいです。ゆずはほんのりと食後にアクセントとして香る感じです。ピザなどと比べるとさっぱりとしていて、ヘルシーだからって風間さんはぺろりと食べちゃいましたね。

日本酒BAR
「四季」
春夏冬中

三章

未来へ贈る願い

「つくづく、君が羨ましいよ。冴蔵ちゃん」

アホそうな顔を下げてそう呟くのは、業務用酒販店『レッドスター』の営業、西郷《さいごう》盛隆《もりたか》、通称、西郷《せご》どん。

ギャグみたいな名前の彼はウチへ納品した酒瓶をおれに運ばせ、自分はカウンター席に座ってこっちの働きを眺めている。どちらかというと、そっちの方がおれの立場じゃないかね。

「あんな美人と二人三脚で働けるなんてねえ。これが羨ましくなくてなんなんだい。少しくらい僕と代わっておくれよ」

「いま、まさに代わってる最中でしょ。自分の労働を全うしてくださいよ、不良社員」

「いいんだよ。若い頃の苦労は買ってでもしろって言うだろう？　僕はタダで売ってあげているんだからね。むしろ君は僕に感謝しなくてはいけないくらいだ」

おれは手に持つ酒瓶を投げてやりたい衝動《しょうどう》に駆られるが、酒が可哀想《かわいそう》なのでグッと堪える。西郷どんの年は二十五歳とおれより四つ上だが、会ったときからこんな調子で、おれは既に彼へのリスペクトを完全に失っている。

「だからさ、冴蔵ちゃん。君が僕に感謝の意を示す意味でも、今日、お店が終わったあと、ちょっとどうだい？　楓ねーさんについて色々と知りたい事情があるんだ」

「西郷どん、キャバクラで理由付けてアフター頼むオッサンみたいになってますよ。いいですか。おれのことをちゃん付けして呼んでいいのは楓さんだけ。何回も言わせないでください」

「細かいことは言いっこなしで、頼むよ。もし終電逃したら、僕の部屋に泊まっていいからさ、冴蔵ちゃん」

「ゲンコツいります？」

おれはカウンターの中でしゃがみ込み、運び入れた酒瓶を整理しながら西郷どんを睨み付ける。彼はわざとらしく「ちぇっ」と舌打ちすると、残念そうに胸の前で手を上に向けた。

彼も青葉さんの代から『四季』を担当しているらしいが、どうにも食えない人である。いつもスーツ姿で口調にも抑揚がないし、表情の変化も乏しい。名前とは裏腹に体だってひょろ長い。眉毛だけが異様に立派だけど。なにを考えてるか分からないが、基本的になにも考えていないバカだとおれは思っている。

「だいたい、冴蔵ちゃんさあ……」

「ちょっと黙ってくれます？　いま、西郷どんがやるべき作業を代わりにやってんですからね」

おれは彼を見ずに言葉だけを返して、足元にある酒瓶の整理をしていく。

と、言っても、それはケースに入った瓶を積《つ》んでいくような大がかりな作業ではなく、仕入れた十本程度の日本酒を、温度の異なる各冷蔵ショーケースに振り分けていく細かい作業である。もちろん保存する温度帯を変えるのは、お客さんに出す際、酒をベストな状態で飲んでもらうためだ。

零細《れいさい》日本酒バーである『四季』は、限りある予算と保存スペースの中で、季節や客層を計算しながら適切な銘柄を在庫にしないといけない。仕入れた酒のラインナップが、そのまま店の評判になることだってあるのだ。

「――あれ？」

整理を続けていくと、一本の四合瓶に行き当たる。コストの関係上、仕入れは基本的に一升瓶で、しかもこれは発注した覚えがない。

「ねえ、西郷どん。これ、間違ってないですか？」

カウンターに顔だけ出して聞くと、彼は無表情でおれを見る。

「ん？　口チャックしていたけど、喋ってもいいのかい？」

「喋らないんだったらいますぐ帰ってくれます？　この酒、納品ミスじゃないですかね？」

「いや。楓ねーさんから注文があったんだよ。久しぶりで僕も珍しいなと思ったけど」

「へえ」

どうしたんだろう。酒類の注文はおれに任されているはずだけど……。屈み込みながら、褐色《かっしょく》に輝くその酒瓶を凝視する。

——こいつは常温保存だな。光の入らないカウンター下に仕舞っておくか。どうして仕入れたかは、またあとで聞けばいいや。

「でも、いままでもたまに注文あったしね、その酒。楓ねーさん本人が飲むんだろう？」

「まさか。楓さんは飲まないですよ」

「そんなはずはないだろう。昔は青葉さんとよく飲んでいたよ」

「まあ、いまは飲まなくなったってのが正しいんですけど」

「そうなのかい？　青葉さんは確か、けっこう高い酒を楓ねーさんにプレゼントしていたけど……。彼が亡くなったあとは……」

「青葉さんが亡くなったあと、飲んでるの見たことあります？」

「……そう言えばないな。変だな。あれはどうなったんだろう」

西郷どんは考え込む。理由の説明が面倒くさかったので濁したが、彼は特にそれ以降、興味も示さずに追及してこなかった。ちょっと拍子抜けした。

「ま、楓ねーさんが飲まないのなら、その酒、常連さんから予約でも入ったんだろうね。一応これも持ってきたから、気が向いたら目を通しておくれよ」

西郷どんは鞄を開けると、クリアファイルを取り出しておれに渡してきた。中になにかの書類が入っている。

「これは？」

「それの醸造元《じょうぞうもと》の資料。取り組みが面白いからさ。コピーして持ってきたんだ。どうせ冴蔵ちゃん、ネットもできないだろう？」

「おお。たまには気が利くじゃないですか」

「お礼は冴蔵ちゃんの誠意で示して欲しいんだ」

「ゲンコツじゃダメですか？」

◎

——体が、重い。

意識も判然としない。まるで生ぬるい泥の中に沈んでいくような、頼りない感覚に体が支配されている。どこまでが自分の世界でどこからが外の世界かすらも曖昧で、視界がグニャグニャと溶けていくようだ。

もしかして酔っているのか？　ああ、ヤバい。思考がコントロールできない。思い出したくもない映像が、次々と脳裏に映し出されていく。

『これ以上酒を唎きたくない？　正気で言ってるのか？　北条酒造の面汚しが』

響いてくるのは、あのクソ親父の声。これは確か、今年《ことし》の正月。五十本以上唎いて気分が悪くなっていたとき。おれはこの直後に殴られて鼻血が止まらなかったんだ。

『なんでお前みたいなのが俺の息子なんだ』

これは去年の蔵開きのときだ。蔵を見に来たお客さんが大勢いる中、おれはバケツに入った水を浴びせられた。あの寒い時期に。

『お前は我慢が足りん！　いつまで甘えたこと言ってるんだ！』

これも去年。呑《の》み切りのときだったか。このときも確か酒を唎いて気分が悪くなってたんだと思う。とっつぁんはかばってくれたんだけど、結局はクソ親父のあのゴツいゲンコツを喰《く》らうハメになった。

『お前がかーちゃんの彼氏か？』

次は女の子の声が聞こえる。そう。おれがかーちゃんの彼氏……。

かーちゃん？　かーちゃんって？

疑問を感じたそのとき、まるでスイッチが切られたように、おれの意識は眠りの中から引きずり下ろされた。

そして全て夢だったと自覚してハッとまぶたを開けると、まず硬い朝日がおれの目を射し、そしてその次に視界に入ったのは、どうしてかツインテールの女の子。小学校の中学年くらいだろうか。彼女は布団をかぶるおれの上に乗っかって、じっとこっちを覗き込んでいた。

体が重い訳だ。悪夢にも納得である。

って言うか、誰？

「えーっと……」

体の上に乗っかられたまま言葉を探すが、適切なものが浮かんでこない。可愛らしい子ではあるが、もちろんおれの親戚などではない。堂々とおれの上に乗っかってるのだから、泥棒《どろぼう》でもないだろう。かといってこんな幼い子に知り合いはいないし……。

分からない。なんのクイズだ。

「なあ、お前がかーちゃんの彼氏？」

「えっと……。かーちゃん？」

まずは首を上げ、分からないことを聞いてみる。

「かーちゃんはかーちゃんだよ。赤橋楓」

なるほど。かーちゃんって楓さんのことか。

「いやあ、違うよ。おれは楓さんの彼氏じゃないってえええええええ！」

おれは体をエビのように跳ねさせて飛び起きる。その拍子に子供は「うわっ」と驚いて布団から転げ落ちた。

「えっえっえっ。き、君、楓さんの？　マジで？」

部屋の隅まで座ったまま後退《あとじさ》り、おれは震《ふる》える手でその子を指差した。

知らなかったぞ。楓さんに子供がいた？　しかもかなり大きい子だ。えっと、楓さんは確か二十六歳で、この子は十歳くらいに見えるし、そして楓さんが青葉さんと結婚したのが二十歳で、彼女は高校も短大も出てるから、だとしたら。

「あ、あ、あわわわわ」

恐ろしいことに気付いてしまった。おれは子供の返事を待たず、両手で抱えるように自分の頭を持つ。いま、狼狽《ろうばい》という単語が似合う男選手権があれば、おれの上位入賞は間違いない。

「かーちゃん、最近、すっごい楽しそうでさ。絶対に彼氏ができたと思ったんだよね。お前じゃないのかあ……。まあ、こんな頼りなさそうなヤツは選ばないよなあ」

女の子はあぐらを組んで首をひねる。失礼な言動に親の顔が見てみたいと思ったが、そう言えば毎日見ているようだ。

「えっと……、君、名前は？」

恐る恐る聞くと、

「あたしは赤橋亜矢《あや》。お前は？」

女の子はそう名乗る。生意気だが相手の名前を聞き返すあたり、たぶん慌てふためくおれよりもしっかりしている。

「あ、あ、亜矢ちゃんね。えっと、おれは北条冴蔵。今日、楓さんは？」

「あとから来るよ。ちょっと用事があるから、あたしだけ早く来たんだ。今日はじいちゃんも来るからな」

彼女はポケットから鍵《かぎ》を出し、イタズラに成功したかのように笑った。

——合い鍵で入って来たのか。なんてことしやがる。もしも立場が逆だったら、おれはヤバい容疑で両手に縄をかけられてるところだぞ。

おれは亜矢ちゃんに「ちょっと待ってて」と、言い残し、一階の店舗に下りた。そして据え付けの電話を使って、楓さんの携帯電話に架電《かでん》する。

『はい』

出なかったらどうしようと思っていたが、ワンコールで楓さんが出てくれる。救われた気分だった。

「あ、あの。楓さん。いま、亜矢ちゃんって子が来てて……」

『あらあら。捜してたのよ。亜矢ちゃん、もうそっちへ行ってたのね』

「えっと、あの子、かーちゃんとじいちゃんがあとから店に来るって。あの、かーちゃんと……」

それとなく確認してみるが、

『そうなの。今日、紹介しようと思ってたんだけどね。わたしもすぐに行くから、ちょっと待っててね』

楓さんは否定を口にしない。おれは立っている地面がガラガラと崩れ、底なしの穴へ落ちていくような気持ちだった。

いや、子持ちだったことをとやかく言うつもりもないし、そんなことが悪いことの訳がないんだけど。なんと言うか、高校行きながら子供産んで短大も卒業、しかもすぐに結婚って、楓さんから連想されるイメージとして、ちょっと生い立ちが壮絶過ぎる気がする。ドラマみたいだ。

「あの……。おれ、知らなくて。教えてくれていたら、もっと色々配慮《はいりょ》できたのに……」

おれは声を絞り出す。この心の痛みには、たぶん子供がいたことを教えてくれていなかった欠落感のようなものもあるんだと思う。まだ信頼されていないのだろうか。

『ううん。たまに預かるだけだもの。懐いてくれてるし、わたしも子供好きだから』

「でも……。おれは……」

……たまに預かる？

「えっと……」

『あ、今日はもしかしたら、和博義兄さんも来られるかもしれないからね。土曜《どよう》で仕事も休みだから。パパも来るかもって、亜矢ちゃんに言ってあげて』

「分かりました！」

おれの頭のてっぺんに眩《まばゆ》い灯《あか》りが点《つ》いた。千ワットくらいあった。

「……ちなみに、なんでかーちゃんって呼ばれてるんですか？」

『え？　名前が楓だからよ。最初の文字にちゃん付けされてるの』

ひどい早とちりだった。クソ。和博さんの子供かよ。

ちょっと考えたら分かりそうなことを。悔しい。おれのあのショックと悲しみを返して欲しい。

おれは電話を切って、頭をグシャグシャかきながら二階へ上がる。そして自分の部屋のふすまを開けると、そこにいる亜矢ちゃんは持参の鞄からエプロンを取り出し、それに首を通そうとしているところだった。

「……なにやってんの？」

「なにって、見れば分かるでしょ？　エプロン着てるの」

このガキ。

「悪かった。じゃあ、エプロン着てなにをしようとしてるの？」

「うん。じいちゃん来るからね。おつまみ作ってやろうと思って」

「おつまみを？」

ママゴトでも始めるのかと思っていたおれは、思いの外《ほか》、感心する理由に面食らう。

「そ。正月にばあちゃん死んじゃったから、じいちゃん寂しいんだ。隠してるけど、あたしは知ってるの」

「へえ」

そう言えば楓さんから前に聞いたような気もする。確か、目黒《めぐろ》の外れで暮らしている義理の両親がいるが、お義母《かあ》さんが最近亡くなり、残されたお義父《とう》さんが寂しそうだ。とても見ていられない、って、困ったように言ってたっけ。

「昔ね、あたし鍵っ子だったんだけど、そのときからじいちゃんとばあちゃんには優しくしてもらってたんだ。家が近所で、ずっと相手してもらってたの。特にじいちゃんは、パパの勘違いであたしが怒られたりしたら、パパとケンカしてあたしをかばってくれたり。だから、今日はその恩返し」

亜矢ちゃんがエプロンの紐《ひも》を後ろで結びながら言った。

「恩返し？」

「そう。今日はあたしが、ばあちゃん秘伝の『ナッツの豆板醬《トウバンジヤン》炒《いた》め』を作ってあげようと思ってさ。すごい練習したんだ」

生意気で無礼な子供の割には、泣かせる話である。

「だから、早く材料買ってきて」

そう言うと、彼女は食材を書いたメモをおれに渡した。本当に涙が出そうだ。おれの給料、いくらか知ってんのか？

◎

食材までは仕方ないとして、どうしてメモにおやつの菓子まで書かれているんだ。

しかも食材よりも種類が多い。

スーパーには自転車で向かうため亜矢ちゃんは店に置いてきたが、どうせなら連れて行ってどれか一つと選択させるべきだった。買わずに帰って泣かれても困るし、おれは渋々全て買って帰途に就く。

財布の窮状をぼんやり考えながら店の戸を開くと、

「おい。待ちくたびれたぞ」

生意気な声がおれを出迎える。

「しょうがないだろ。スーパー遠いんだから……。って、こらっ！」

亜矢ちゃんはおれの手からスーパーの袋をふんだくると、すかさずその中身をチェックした。

「……うん。お菓子も漏れなく買ってきてるな。偉いぞ」

褒められてもちっとも嬉しくない。和博さんから帝王学《ていおうがく》でも学んでいるのか？

「じゃあ、亜矢ちゃん。そのナントカってヤツ、作るんなら調理場使っていいけど、火を使うときはおれと一緒に使うんだよ。一人じゃ危ないから」

おれがカウンターの内側にもたれて言うと、

「生意気な兄ちゃんだな。大丈夫だよ」

と、亜矢ちゃんはおれをキッと睨んで注意した。いまから将来が不安である。

──ま、黙って作らせとけば大人しくなるだろ。

おれは監視って訳でもないが、彼女の手元を見ながら、危ない作業をしないか警戒する。しかしある程度、料理に慣れているのか、彼女の鍋や包丁の捌《さば》き方はなかなか上手かった。チビだから踏み台使っているけど。

おれがカウンターの中で酒器を磨きながら彼女に付き合っていると、やがて亜矢ちゃんのフライパンから良い香りが漂ってくる。香気は濃厚で、料理の濃さはかなりのものだ。

おじいさんのおつまみって言ってたっけ。あとで来るって言ってたから、店で飲むときに差し出すつもりかな。

でもこんなに濃そうな料理に合う酒、ウチの在庫にあったかなあ。合わせるとしたら熟酒《じゅくしゅ》タイプになるけど……。

おれは亜矢ちゃんに注意を払いつつ、記憶を辿《たど》る。確か一夏置いてやや熟した酒、いわゆる冷やおろしと呼ばれているものがショーケースに入っているが、亜矢ちゃんの料理の香りを嗅ぐ限り、もっと練られた濃いものが好ましい。

なにかないか？　なければせっかくだし、西郷どんに持ってきてもらおうか……。

そう思ったとき、ふと昨日の仕入れを思い出す。

そう言えば楓さんが直接、西郷どんに注文したあの酒があったっけ。岐阜《ぎふ》にあるあの酒蔵の。どうして仕入れたのか昨日は聞き忘れたんだけど、このためだとしたら理屈が合う。あれなら、この香りの料理ともばっちりだろう。

――しかし楓さん、よく料理と酒の相性が分かったな。偶然？

考えを追っていると、料理の香りはいよいよピーク。食欲を刺激する良い香りが、おれの鼻に迫ってくる。

「ねえ、そろそろ食べ頃だよ。火を止めた方がいい」

「え？　まだ早くない？」

彼女は疑わしげに言ったあと、菜箸《さいばし》を使ってフライパンの中身を味見した。すると「お」という顔をして、こちらに振り返る。

「ちょうど良かったろ？　おれ、香りでだいたい分かるから」

ちょっと得意な顔で言ってやると、

「すご。変態みたい」

彼女は謝意を欠片《かけら》も見せずに言い放ち、フライパンの中身を皿に盛り始めた。ホント、もうやだよ、この子のお守り。楓さん、助けて。

というおれの願いが叶《かな》ったのだろうか。

「ごめんね。遅くなって」

引き戸をガラガラと開けて顔を出したのは楓さんだ。その奥には温厚そうな老人もいて、きっと彼が楓さんのお義父さん、そして亜矢ちゃんのおじいさんだろう。

「あ、かーちゃん！　じいちゃん！」

亜矢ちゃんは踏み台の上で体をひねり、顔を輝かせる。

しかし亜矢ちゃんが足場にしているそこは狭くて、彼女の動きをカバーできない。

おれがマズいと思ったときにはもう遅く、

「あっ！」

と、驚きの声を残しながらバランスを崩し、亜矢ちゃんは踏み台の上から転落した。

台の高さはそれほどではない。しかし転倒した拍子に熱されたフライパンは亜矢ちゃんの手を放れてしまい、空中を高々と舞っている。そして予測されるその落下地点はほぼ確実に、床で転んで身動きの取れない彼女の上だろう。

——ヤバい！

おれはそう思うと同時に床を蹴《け》って、プールへ飛び込むような姿勢で亜矢ちゃんに向かってジャンプする。そして間に合ってくれと念じながら片手を伸ばし、それを彼女の上に突き出した。

一瞬あと、大きな音が鳴り響く。

腕には、なにかが当たった鈍い感触が残っている。

――間に合ったか？

祈るように、おれは目を開けた。すぐ横ではフライパンが躍っていて、店内に響き渡る音はそこから。そして腕の下には、首をすくめる亜矢ちゃんがいた。

「……大丈夫か？」

おれは亜矢ちゃんの反応を窺うが、その顔は恐怖に引きつっているだけで痛みなどの跡は見当たらない。

――良かった――。

安堵と同時に、

「あっつううううううう！」

遅れてやってきた火傷《やけど》の痛みが、おれの腕を襲った。

◎

「大丈夫？」

カウンターの中で楓さんは、不安に飲まれたような顔をしながら、氷水を入れたビニール袋で患部を冷やしてくれた。

なにもそこまで心配することはないと思ったが、もしかするとこの状況のなにかが、彼女の琴線《きんせん》に触れたのかもしれない。おれは黙って楓さんの手当を受けていた。

「北条クンと言ったねえ。孫がすまんことを……」

カウンターの外では、亜矢ちゃんの祖父、輝吉《てるきち》さんが申し訳なさそうに席に座っている。ひとしきり泣き終えた亜矢ちゃんも、その隣でちょこんと項垂れていた。

「いや、大したことないんで。明日になれば治りますから。踏み台使わせたおれも悪かったんです」

おれは輝吉さんと亜矢ちゃんに告げると、

「あの、楓さんも。こんなのはツバ付けときゃ大丈夫ですから」

だからそんな顔しないでください。おれはそう意味を込めて、笑ってみせた。すると彼女は鼻を一つすすり、ちょっと赤くなった瞳を拭《ぬぐ》った。

「ごめんね、お兄ちゃん」

カウンター席に座る亜矢ちゃんは殊勝な態度で詫《わ》びの言葉を述べ、

「ねえ。かーちゃんは、ホントにこのお兄ちゃんと付き合ってないの？」

楓さんの方を向いて爆弾を投げた。一時たりとも油断できない。

「なに言ってるの、亜矢ちゃん」

立ち上がり、否定する楓さん。右手は、やはり左手の薬指を撫でていた。

「冴蔵ちゃんも困るでしょ？　わたしなんか、もうすぐ二十七なんだから」

「えー。でもかーちゃん綺麗だし、いまもお兄ちゃんと良い感じだったじゃん」

亜矢ちゃんは食い下がる。困る楓さんのためにも止めたいが、しかし乙女《おとめ》な空気がおれにその余地を与えない。どうしようかと困っていると、

「亜矢。マセたことを言うんじゃないよ」

「はーい」

輝吉さんが穏やかな口調でたしなめ、亜矢ちゃんは大人しくそれに従った。彼女が料理を作っていた動機と言い、どうもかなりのおじいちゃん子のようである。可愛いところもあるものだ。

「本当にすまんね、楓ちゃんに北条クン。もうちょっと早く開店のお祝いに来たかったんだけど、色々と立て込んでいてね」

輝吉さんは温厚そうな笑みを浮かべ、頭を下げた。

「いいえ。リニューアルオープンのあとはちょっと混《こ》みましたし。それにいまなら開

店までゆっくり飲んでもらえますから。あとでお義兄さんも来られますし、一緒にどうぞ。例のお酒も、仕入れてますよ」

楓さんが笑うと、

「……和博が、来るのか？」

何故《なぜ》か輝吉さんの表情が硬くなる。

「？　ええ。どうかしました？」

「いや……」

輝吉さんはまた顔を戻すと、

「じゃあ、あいつが来る前に始めさせてもらおうかな」

と、言っておれを見た。ってもう飲むの？

おれは横目で時計を見るが、時刻はまだ正午にも届いていない。飲むにはちょっと早い気がしたけど、まあ、経営者の身内のことだし、あまり突っ込むのも野暮かな。

それに仕事も引退した一人暮らしなら昼夜の区別に大した意味もないかもしれないし、子供がいるから営業時間中に飲むことは無理だ。妥当な時刻と言えばそうかもしれない。

「――分かりました。えっと、お酒は達磨《だるま》正宗《まさむね》でいいんですかね？」

おれが楓さんに目配せすると、

「あら。亜矢ちゃんのおつまみをヒントにしてクイズにしようと思ったのに、やっぱり分かってた？」

楓さんはイタズラがバレた子供のように舌を出した。

おれは圧倒的なドヤ顔を作ってから屈み込み、カウンターの下から酒瓶を取り出す。そしてそれをカウンターの上に置いて、輝吉さんに目を向けた。

「これでいいですね？　『達磨正宗　二十年古酒《にじゅうねんこしゅ》』どうします？　いまは常温ですけど、燗でも美味しいと思います」

聞くと、彼は「うーん」と迷いを示すように唸《うな》り、短く刈り込んだ白髪を指でかいた。表情は嬉しそうだ。

達磨正宗と銘打たれたこの酒。実は他の日本酒とは少し趣が違う。

これは熟酒タイプの中でも古酒という酒に分類され、手元のものはその二十年もの。三年以上寝かせた酒を熟成古酒とする定義付けもあるが、それに照らし合わせても大ベテランである。

色も、新酒では考えられない熟された深い飴色《あめいろ》。ちなみにこの酒は、三年目のもので陽だまりを思わせる琥珀色《こはくいろ》、十年目で透き通るようなトパーズで、いずれも目立つ場所に飾っておきたいくらい美しい色合いだ。

「じゃあ……。最初は燗でもらおうかな」

「分かりました」

輝吉さんに答えて、おれはチロリの準備に取りかかる。

「ワシはこれが好きでねえ。飲むときはこればっかりなんだ。亡くなったばあさんにつまみを作ってもらいながら、よく一緒にチビチビやったもんだよ」

「それはいい。おれは飲めませんけど、香りで味は想像できますよ。濃くて、甘みがあって、でもそれがバランスのいい酸味で引きしまっている。ここまでよく練られた酒はあまりないですね。蔵元のこだわりが見えるようです」

この酒を醸《かも》したのは白木恒助商店《しらきつねすけしょうてん》。岐阜にある老舗《しにせ》で、古酒製造のパイオニアとも呼べる酒蔵だ。

古酒の歴史は古く、それは日本の酒文化の一つと言ってもいいものだった。

――が、しかし、江戸《えど》が終わり明治《めいじ》になると、政府が新税制を発布。酒蔵に課《か》された造石税《ぞうこくぜい》と呼ばれるそれは、販売量にかかわらず造った酒の量で税金を課せられ、製造からしばらく寝かさなければならない古酒にとって過酷《かこく》なものだった。

結果として当然、その影響で古酒を造る酒蔵は激減し、以降の生産はほとんど行われていなかったと言われている。

　そして時代は巡り、百年の空白期間を経た昭和四十年代。白木恒助商店の六代目が苦心の末に古酒を復活させると、濃熟を極めたその味わいが好評を博して全国に普及。それが古酒復活のきっかけとなったのだ。

「死んだばあさんもこれが好きだった。二十年古酒って言うと、この酒がこの世に顔を出したのは、ワシがまだ五十代のときだ」

　輝吉さんは鍋の中のチロリを眺めながら、昔を懐かしむようにそう吐露する。

「あの頃は青葉もばあさんも生きとったし、ワシもまだまだ現役で働いてた。これを飲むと、二十年前のあのときが頭の中に思い出されるよ。みんなで団らんしてなあ。いいときだった」

「それも、古酒の楽しみ方かもしれませんね」

　人生経験の浅いおれには思いつきもしなかったが、写真なんかを片手にその頃を振り返って飲んでも面白いかもしれない。酒の歴史が深い分、色々な楽しみ方ができるのも古酒ならではだろう。

「さ、お義父さん。お酒が温まるまで、これをどうぞ。亜矢ちゃんが作ったナッツ。お義母さん直伝ですよ」

「そうそう！　じいちゃん、食べて食べて！　早く来て作ったの！」

　楓さんの勧めに亜矢ちゃんが続く。

　先ほどはフライパンをひっくり返してしまったが、しかしそれは亜矢ちゃんが作った料理を皿に盛っている途中。ナッツの半分ほどは難を逃れていた。

「亜矢の手作りか。そりゃあ楽しみだ」

　輝吉さんは頬を緩めると、ナッツを箸でつまんで口へ運ぶ。するとみるみる顔をシワだらけにして、亜矢ちゃんの頭を撫でつけた。彼女は喜びを顔にみなぎらせ、

「美味しい？　美味しい？」

　と、輝吉さんの腕を引っ張る。

「もちろん、美味いとも。ばあさんの作ったものとはちょっと違うが、亜矢のオリジナルだな」

「違う？　ばあちゃんのを見てた通りに作ったんだけど」

「そりゃお前、ばあさんは料理歴六十年だぞ。ワシも作ってみたが、同じようにはできんかったよ」

　輝吉さんは快活に笑った。ちょっと不満そうにした亜矢ちゃんだったが、しかしその笑い声に釣られるように、また笑顔に戻った。

「おばあさんも、この達磨正宗に合うように料理を考えたんでしょうね。いい組み合わせですよ」

そう言って、おれは燗した達磨正宗を徳利に注ぎ、カウンターに置いた。

「おお。この香り。久しぶりの達磨さんだ」

輝吉さんはそう言って手を伸ばす。

——しかし。

ちょっとした違和感。

達磨正宗や亜矢ちゃんの料理に隠れて気が付かなかったが、近くならかなり強く匂う。輝吉さんの体から漂うこれは……。

輝吉さんは徳利と猪口を手に取るが、でもおれはカウンターに出したそれを持ったまま、彼に渡さなかった。

「？　どうした？　北条クン」

「いや……」

一呼吸置いて、

「亜矢ちゃん。悪いけど、二階のおれの部屋に、携帯が置いてあるんだ。布団の中だと思う。探して取ってきてくれない？　あとでおやつあげるからさ」

と、おれは亜矢ちゃんに頼んだ。おれが携帯非所持なのを知っている楓さんは不思議そうに首を傾げたが、亜矢ちゃんは「約束だよ!」と、素直に了承し、店の奥から階段を駆け上がっていく。

「どうしたんだね? いきなり……」

輝吉さんが疑問を投げてくる。おれは亜矢ちゃんの足音が完全に遠のいたのを確認してから、彼を見据えた。

「輝吉さん……。酒を飲んで、大丈夫なんですか?」

おれはそう問いかける。するとその言葉に、彼は顔色を失った。

「……どういうことだね?」

輝吉さんは深く息を吸ってから、答えをにごすように聞いてくる。しかし、嗅げば嗅ぐほど間違いない。彼から漂うこの匂いは……。

「輝吉さん、体に病院臭が染み付いてますよ。ちょっと寄ってきた、って強さじゃないですよね。ごく最近まで入院していたか、もしくは……」

おれは彼の反応を窺うように覗き込み、

「現在も入院しているんじゃないですか?」

そう続けた。

この推測なら、早い時間から飲みたがるのも合点がいく。入院生活は規則正しい。もしかすると診察の合間に抜け出して来たのかもしれない。

「お義父さん。本当ですか？　冴蔵ちゃんは鼻がすごく良くて、こういうこと、すぐに分かっちゃうんですよ」

楓さんは種を明かして、輝吉さんに真実を迫る。すると彼は徳利から手を放し、口をへの字に曲げて腕を組んだ。

「……ほっといてくれんか。ワシは酒を飲みたいだけだ。それも泥酔《でいすい》するほど寄越せと言ってる訳じゃない。飲んで、ばあさんとの思い出に浸れたらそれでいい。早い時間に来てしまったが、それ以外は迷惑な客じゃないだろう」

図星を突かれて観念したのだろうか。暗にだが、輝吉さんはおれの言ったことを認めた。

「いえ。外科的なものならともかく、きっと内科の病気でしょう？　なら、いまは酒を出せませんよ。酒は健康な状態で楽しむものです」

「…………」

輝吉さんは沈黙してから、

「帰る」

と、不満を露《あら》わに示して席を立ってしまった。そしてそのまま店を出ようとするが、彼が引き戸の取っ手に手をかける寸前、それはガラリと音を立てて外から開かれる。

「……親父……？」

そこには和博さんが、きょとんとした顔で立っていた。

◎

おれの推測は当たっていた。

輝吉さんは入院中の病院を抜け出して来店しており、和博さんに見つかると、そのまま病院へ強制送還《そうかん》させられた。あとで分かったことだが、和博さんの携帯には何件も病院からの不在着信が入っており、それは輝吉さんが入院先を抜け出した報《しら》せだったとか。

和博さんからは後ほど楓さんの携帯へメールが届き、酒を出さなかったおれの対応への感謝と、明日、改めて説明しに来るという内容が記されてあった。一緒に連れ帰った亜矢ちゃんにも輝吉さんの入院が知られ、家では大騒ぎになっているという。

「大丈夫かしら、お義父さん」

　あの騒ぎの翌日。日曜日。仕込みをしている楓さんは、昨日のことを思い出したのか、手を止めて顔を曇《くも》らせた。

「どうでしょう……。心配ですね」

　答えつつも、おれには大方の予想がついている。彼の口臭からは、亡くなる前のおれの祖母と同じ匂いが漂っていた。輝吉さんの匂いはまだひどくないようだが……。

「……まあ、ここでどうこう言っていても仕方ないですよ。和博さんを待ちましょう」

　そう言っておれは顔を伏せ、掃除を続けた。おれの表情で、楓さんに妙な情報を与えるべきじゃない。決まった訳じゃないんだから。

　そう考えて開店準備をすること暫《しば》し。

　やがて店の引き戸が静かに開き、

「邪魔するぜ」

　と、和博さんが顔を出した。彼は促すとカウンター席に座って、「昨日は悪かった」と、まずおれと楓さんに詫びを述べた。

「参ったよ。医者からも薬《くすり》に影響が出るから、酒なんてとんでもないって止められてな。本人はほっといてくれって強情張ってんだけど」

「でも……。いつから入院していたんですか？　わたしは全然知らなくて」

「ああ。ごく最近だ。いつ言おうかと思ってたんだが……」

楓さんが出したお冷やを彼は一気に飲み干し、

「親父、……肺癌なんだ」

と、まるで過去の犯罪を告白するように、深刻な口調で言った。

――やはり、そうか。呼吸器系だとは思っていたが。

「癌……」

楓さんは言葉を聞くと、顔を強張らせて一歩退く。ああ、そうだ。確か青葉さんの死因も……。

「ただ、かなり初期らしくて、手術で良くなる可能性が高い。青葉のことがあったから、定期的に俺が検査を受けさせていて、それで発覚したんだが……」

和博さんは語尾をにごす。おれと楓さんが表情で話の続きを催促すると、彼はため息を交じらせ、呟くように言った。

「本人が、手術を嫌がってる。入院までは無理矢理させたが、そこから先へ進めない。説得してるんだけどな」

「そんな……。どうして……」

楓さんは泣きそうな声を出し、手で口を覆《おお》った。癌から青葉さんの死を連想していて、それが彼女の心を乱していることは、容易に想像できた。

「お袋が正月に亡くなってからは、ずっとあんな調子だ。青葉もいないし、孫も大きくなった。もうこの世に未練もねえ、体をいじってまで生きていたくないってな。まあ、お袋と二人暮らしでべったりだった分、一人になって堪えてんだろ。一緒に住もうとも言ってるんだがな……」

「未練なんて……」

ぽつりと楓さんは言葉を落とし、瞳に雫を溜めた。和博さんもそれ以上言葉を返さず、沈黙した店内には重苦しい雰囲気が居着いてしまった。

おれはこの場で唯一の他人ではあったが、しかしこの二人の、特に楓さんの悲痛な顔を見ていると、対岸の火事という心境にはなれなかった。彼女の眉は曇り、手はやはり指輪に触れていた。おれがここに雇われるようになってから、初めて見る彼女の顔だった。あまり見たくはない表情だ。

――なんとか、できないかな。

そう思うが、それはあまりに難しい。それこそ他人が干渉できる問題ではない。昨日のことがあったからこの場に同席を許されているが、本来ならおれは席を外しておかなければいけない立場である。なにもできない自分がもどかしい。

はあ、とため息を吐きかけると、

「おっと」

いきなり和博さんの携帯から着信音が鳴り響き、重い沈黙が破られる。彼はそのまま電話に出て二、三言葉を交わすが、何故かどんどん顔を険しくさせていった。

——嫌な予感だ。

また、暗い空気。今度は緊張感も伴われた。

おれは構えて彼の通話の終了を待つ。やがて和博さんは電話を切ると、ため息を吐いてそのまま立ち上がった。

「……嫁さんからだ。親父がまた病院を抜け出したらしい」

◎

輝吉さんの居場所はすぐに分かった。

いわゆる楓さんのカンだ。

「きっと、お墓だと思うの」

と、彼女は以前におれと墓参りをした寺ではないかと推測。言われてみれば、確かに輝吉さんにとっての大切な人が二人も眠る場所だ。可能性は大きい。

おれたちは大急ぎで寺に向かう。するとそこには案の定、墓の前に座り込む輝吉さんの姿があった。

あったのはいいがよく見ると、彼の手にはどこで入手したのか、達磨正宗の四合瓶が握られており、その中身は遠目からでも分かるほど減っている。周囲には達磨正宗特有の、カラメルのような甘い香りが満ちていた。

「なにやってんだ、バカ野郎！」

和博さんは一喝するが、輝吉さんは既に相当酔っているようだ。立つことはできるようだがフラフラである。かと言って酔ってるだけだし、救急車も大げさだ。

おれと和博さんは輝吉さんに肩を貸して担ぐように抱えると、とりあえず『四季』に彼を運び込んだ。


「頼むからほっといてくれ」

赤くなった顔で、輝吉さんは言った。しかし気丈な言葉とは裏腹に、酔いの回った彼は姿勢を保てず、まるで背骨を抜かれたようにカウンターでうつ伏せになっている。

「ほっとけじゃねえよ。なんで寿命《じゅみょう》を縮《ちぢ》めるようなマネすんだよ」

和博さんも手を顔に当て、困り果てた表情になった。もう手の打ちようがないと言わんばかりだ。

「えっと……。席外しましょうか？」

「いいよ、いろよ」

緊迫した空気に配慮したつもりだったが、和博さんはおれを睨んであごをしゃくった。きっと無理に病院に運ぶ場合の力仕事要員だろうが、さすがにこの雰囲気はいたたまれない。

「もうほっといてくれんか」

居場所に困っていると、輝吉さんは同じような言葉を繰り返す。とりつく島もないその態度に、楓さんもため息を吐いた。

「お義父さん。そんなこと言わないで。みんな心配してるんですよ」

「もうほっといてくれ。神さんはワシからなにもかも奪っていく。もう耐えられん」

輝吉さんはまたそう言って、

「なあ、厄介な老人だと思ってるだろ、お前ら」

顔を伏せたまま、独りごちるように続けた。

「お義父さん、誰もそんなこと思ってませんよ。だからみんな心配してるんじゃ……」

「もういいんだ。もう病院は嫌だ。ワシの家へ帰らせてくれ。あそこにゃ思い出がたくさんある」

　彼は楓さんの言葉をぴしゃりと遮る。

「五十年連れ添ったばあさんは先に逝《い》って、息子は三年も前から向こうだ。二人はきっとワシを待っている。もうこの世に未練もない」

「ちょっと待ってください」

　言葉に引っかかり、おれは初めて口を挟んだ。

「それは、ちょっとひどくないですか？　他人だからこそ言わせてもらいますけど、楓さんも和博さんも、なんとか輝吉さんに生きて欲しいと思うから、ここにいるんじゃないですか。亜矢ちゃんだってまだ子供ですよ」

　抑揚に注意し、言葉を選びながらおれは説得するが、

「……もういいんだよ。生きてりゃまた、誰か死ぬのを見ることになるかもしれん。それならあの世で待ってた方が気楽でいい。向こうなら、きっとまたみんなで楽しくやれる」

　輝吉さんはにべもない。これは、相当参ってる。言ってどうにかできるレベルじゃなさそうだ。まあ、和博さんや楓さんの説得を拒否するくらいだ。おれなんかの言葉

が響く訳がないか。

もし、彼の硬くなった考えをひっくり返せる人間がいるとすれば――。

「じいちゃん」

そう考えているとき、店の引き戸がガラッと開いた。

そこには亜矢ちゃんと、彼女の母と思しき女性が立っていた。

「――亜矢」

輝吉さんはそこで顔を上げる。すると険のあった目付きはみるみる優しいそれに変化していき、口元には笑みも浮かべられた。

「ねえ、じいちゃん、病院に行こ？　あたしも一緒に行くから」

「いや、しかし……」

「嫌なの？　どうして」

亜矢ちゃんは眉尻を下げて、輝吉さんを見つめる。その慕うような眼差しは切なく潤《うる》んでいて、手は自分のスカートをぎゅっと摑んでいた。

「お義父さん」

楓さんが強く目で促した。すると亜矢ちゃんは明らかに無理をして作った笑みを浮かべ、輝吉さんに手を差し伸べる。

「……分かった」

消えそうな声で呟くと、輝吉さんはとうとう観念したような苦笑いを浮かべた。そして頼りなく立ち上がると、まるで寂しい夢でも見ているような足取りで、フラフラと亜矢ちゃんの方へ向かっていった。

おれにはその二人の関係が、垂らされた最後の蜘蛛《くも》の糸のように感じられた。

◎

店には、おれと楓さんが残された。

二人になった『四季』の店内は静けさを取り戻していたが、やはり雰囲気は重苦しい。ランプはいつものように薄明るく壁《かべ》の屏風絵を照らしていたが、今日ばかりは『薄暗い』という表現が似合う気がした。

あのあと、おれは店番のために『四季』へ残ったが、他のみんなはタクシーを拾うために表に出た。

楓さんは輝吉さんを病院まで送るだろうから、彼女のいない今日の仕込みは簡単《かんたん》なものになってしまうな。と思っていたが、しかし彼女はタクシーに輝吉さんを乗せると、ひょっこり店に戻ってくる。

「行かなくてよかったんですか？」

おれが問いかけると、

「わたしが行っても、しょうがないから」

彼女は悲しみを潜ませた笑顔で、そう告げた。

きっと楓さんも病院に付き添って病状などを医師に確認したかったと思うが、再開して間もない『四季』を疎《おろそ》かにできなかったんだろう。

彼女が調理場に入ると、そこからはいつものようにリズミカルな包丁の音が聞こえてくるが、今日だけはそれすらもの悲しく聞こえてしまう。おれは横目でチラリと楓さんを覗き見るが、やはり心ここにあらずといった感じで、その表情には元気が見られない。気もそぞろだろう。

「そう言えば、あのタイミングでよく来てくれましたね、亜矢ちゃん」

おれはカウンターの拭き掃除をしつつ、目先を変えるような気持ちで話を振る。

「あれはわたしが亜矢ちゃんのお母さんに連絡して、こっちに来てもらうように頼んだの。細かいこともメールしておいたから」

楓さんは手元を見ながら、言葉だけを返してきた。普段《ふだん》はおっとりした性格だけど、こういうときはさすがの手回しの良さだ。

「そうだったんですね……。あ、じゃあ楓さんも、やっぱり思いました？　説得できるのは亜矢ちゃんだろうって」

「そうねえ……。お義父さん、亜矢ちゃんだけは猫可愛《ねこかわい》がりだから」

楓さんは包丁を止め、こちらを向く。

「それになんだかんだ言ってもわたしは血が繋《つな》がってないし、和博さんも性格的に人を説得するのは向いてないしねえ。ただいくら亜矢ちゃんでも、手術まで説得となると、ちょっとね……」

楓さんはここまで言うと、困ったように眉尻を下げた。おれも彼女に同意を示すように、ため息を吐く。

確かに昨日今日と見ている限り、硬直した輝吉さんの心を柔らかくできるのは、亜矢ちゃんをおいて他にいない気がする。

だからこそ誰も彼を病院に戻せなかった中、亜矢ちゃんだけが輝吉さんを説き落とせた訳だが、しかし手術までともなるとそれは難しいだろう。彼の死生観にも関わるもっとも硬い部分だ。

「元気で長生きしてください」

調理場の方で、ぽつりと楓さんが呟く。なにを言っているのかと目で問うと、彼女は笑って答えを明かした。

「お正月。お義母さんが亡くなるとき、お義父さんに言った言葉よ。残された人の気持ちは、お義父さんが誰よりも知ってるはずなのにね」

「そう、ですね」

――そう、きっと楓さんの言う通り。彼女が言うと説得力が違う。

でも、おれはこうも思う。

さっき輝吉さんは、あの世に大事な人が自分を待っていると言っていた。

それを肯定する気はないが、しかし本人が作り上げたその幻想こそが、たとえ消極的《しょうきょくてき》なものであるにせよ、彼の救いになっていることは事実だと。死ねば会いたい人に会える、寂しくなくなる。輝吉さんはきっと、そこにすがっている。

なら……。輝吉さんが死の中にそんな救いを見ているのなら、その視点を他のものに変えさせることができれば、もうあんなムチャはしないんじゃないか？　生きることに希望を抱くんじゃないか？

そして輝吉さんの場合、それをもたらせるのは、恐らく亜矢ちゃんだけ。

なにか、ないか？

おれは掃除の手を止め、考えに沈む。

生半可なものじゃダメだ。インパクトのあるもの。死の中に見る救いから目を外させ、生きたいと強く思うことができるもの。なにか……。

布巾を握りしめ、その場で考える。

しばらくそうしてみるが、しかしいくら考えたっておれの悪い頭じゃ良いアイディアなんて浮かばない。とりあえず体を動かして考えよう。そう思って意識を戻したとき、辺りの空気が、覚えのある良い香気に染められていることに気付く。

最近嗅いだことのある、このスパイシーな香りは……。

「亜矢ちゃんの料理？」

調理場に目を向けると、楓さんが口角を上げた。

「そ。ナッツの豆板醤炒め。達磨正宗、お義父さんには飲ませられないから、お店で出そうと思って。もったいないしね。亜矢ちゃんが作ってたこの料理なら、お酒にも合うでしょ？」

ああ、そうだった。ゴタゴタしていてすっかり忘れていたけど、達磨正宗、けっこう良い酒だから在庫として抱えるのはもったいない。お客さんに出したら話題にもなるし、面白いだろう。

おれは漂うナッツの香りを嗅ぎながらそう思うが……。

「そう言えば輝吉さん、亜矢ちゃんのナッツを、おばあさんの料理とはちょっと違うって言ってましたね。達磨正宗とは間違いないマリアージュなんですが……」

「そうなのよねえ。亜矢ちゃん、レシピは間違えてないはずだけど」

楓さんも首をひねる。確かに不思議な話だ。亜矢ちゃんは調理の仕方にも慣れていたし、どこかで失敗した気配《けはい》もなかった。濃くてスパイシーなあの香りは、料理としての完成度も高かったように思えるが……。

「でも、あれ？　そう言えば輝吉さん、飲むのは達磨正宗ばっかりって言ってましたけど、そのナッツの豆板醤炒めって、それにしか合わさなかったんですか？」

「そうだよ。お義父さん、家で達磨正宗を飲んでる間に、いつもこれをお義母さんに作ってもらって食べてたから。たまに家に伺ったら、いつもそうしてたなあ」

しかし、昨日は来店して最初に料理を出されており、普段の家飲みとは勝手が違う。輝吉さんは達磨正宗を飲まずに、このナッツを食べてたんだ。そうなると……。

ちょっと、見えてきたかもしれない。

きっと突破口はここにある。いまは摑みかけたこの尻尾《しっぽ》を逃せない。

そう閃《ひらめ》くと、おれはさっきそうしようとしたように、布巾を取って仕事をしつつ考えを深めていく。じっとしていては、おれの頭が回らないのは証明済みだ。

まずは、自分の考えの確認。たぶん、料理に関しておれの思ったことは合っていると思う。これならきっかけになり得るかも知れない。楓さんにレシピを考えてもらって、そして……。

しかし、まだ弱い。まだ足りない。輝吉さんに提供すべきものは、ただのサービスではなくて生きる希望だ。それも拒否している手術を、やはり受けたいと思えるほどに強いもの。

そう思いながらおれは屈み込み、掃除の手をカウンター下まで広げる。そして棚を拭こうと置かれているものを取り出したとき、自分で記している日誌や顧客《こきゃく》メモなどに交じって、なにやら書類を挟んだクリアファイルを発見した。

「なにかの書類？」

楓さんが調理場からこちらを見て、珍しそうに言った。

「えっと、確かこれ……」

忘れていたが、手にすると記憶が蘇る。確か西郷どんが達磨正宗と一緒に持ってきてた資料だ。

おれはそれを手に取り、ヒントを求めるような気持ちで中身をパラパラとめくった。

そこには達磨正宗の蔵元、白木恒助商店の取り組みや、蔵元の歴史、酒を醸している現場の写真などが掲載されていた。どうも蔵元のホームページをプリントアウトしたもののようだ。

おれはもう一度、最初から資料に目を落とす。その中には海中で酒を熟成させる試みなども載っていたりして、初めて知る熟成方法に、おれは興味をかき立てられながら行を追っていった。

そうして、おれの目は商品紹介のページへと移る。きっと営業職である西郷どんが一番見せたかったのだろうそのページでは、達磨正宗の各熟成酒が一覧になって紹介されていた。

が、一点、さすが古酒製造の草分けとも言うべき品に目を惹《ひ》かれる。ウチの実家なんかじゃ考えもつかないような、革命的な酒だ。

――これは……。

息を呑み、おれはその酒の詳細ページを食い入るように読み込んだ。

これなら、いけるかも。読み進めるにつれ、自分の曇った気持ちが晴れていくような気分になる。パズルの最後のピースが、はまったかもしれない。

「楓さん」

おれは振り返り、調理場にいる彼女を呼んだ。

「どうしたの？　嬉しそうな顔して」

「いや。ちょっと思い付いて。輝吉さんへのプレゼント」

「贈りもの、かあ……。どんなの？」

悪くないけど、ものでは釣れないと思うよ。輪郭のぼやけた楓さんの口調は言外にそう告げていたが、

「亜矢ちゃん名義で、輝吉さんに酒をプレゼントしませんか？」

おれは構わずそう続けた。しかしそれを聞いた楓さんは眉を上げ、目をパチクリとさせる。

「なに言ってるの？　そんなことをしたら……」

「そんなことをしたら、もしかすると輝吉さん、手術を受けてくれるかもしれませんよ」

おれはそう告げて、持っていた資料を楓さんの顔の前へ掲げて見せた。彼女は首をひねるとメガネを人差し指で押し上げ、そして疑問に満ちた顔でそれを凝視する。

——どんな反応をするだろう？　やっぱりダメと言うかな？

彼女はおれの手に持つ資料を突き刺すように見つめており、その黒目は右から左へ、

また右から左へと忙しく移動している。

おれはドキドキしながら、楓さんの答えを待ち続けた。宣告を受けるような気持ちでいると、やがて彼女は資料を読み終え、ゆっくりと顔を上げる。

恐々《こわごわ》という気持ちで、おれはその顔を窺った。

しかし、楓さんのその面持ちからは既に疑念の色が剝がれ落ちており、代わりに喜びのそれが波紋のように広がっている。そして彼女ははおれを見ながら、会心の笑みで大きく頷いた。

赤橋輝吉

「元気で長生きしてください」

ばあさんの最期の頼みが、よりにもよってこれだった。

そのときは「うんうん」と頷いて手を握ったが、しかしいざ一人ぼっちで生きてみると、それを守って生きていくのがいかに困難なことか思い知らされる。ばあさんもそれを予期していたからこそ、だからわざわざ今際《いまわ》の際にそう告げたのかもしれん。

二人暮らしだったワシらにとって、お互いを失うのは体が半分になるくらい辛《つら》いことだ。ばあさんの病気が発覚したとき、ある程度覚悟はしていたが、襲《おそ》いかかってくる寂寥感《せきりょうかん》は覚悟以上の途方もないものだった。

　人は物質的な満足のみを求めて生きるのではない、と、どこかで聞いたことがあるが、それは言い得て妙だと最近は痛感している。老後の資金としてそこそこの蓄えはあるが、一体これがワシにとってなんの役に立つ？　ただ無駄に、惰性《だせい》のように命を永らえさせているに過ぎん。心の空白はどうやっても埋められない。唯一、達磨正宗をたしなみ、ばあさんとの思い出に浸るくらいが関の山だ。それだって、いつものつまみがないから、どうやってもぼやけたものになってしまう。

　そう感じていた折、告げられた病気。それは次男の青葉と同じ癌という病。

　これも運命だろう。長男は子を儲《もう》け、立派に働いている。孫も元気に大きくなった。もう彼らにワシなどいらん。お荷物だ。

　それにこのまま死ねば、あの世にいるばあさんと青葉に会える。二人はきっと待っていてくれているし、ワシを笑って迎えてくれるだろう。

　そしたら三人であのナッツを食べて、達磨正宗を飲むんだ。青葉の酒の講釈を聞いて、言ってることの半分も分からんワシらが頷いて笑う。この世じゃもう考えられない、涙が出そうな光景じゃないか。

生は素晴《すば》らしいもののように謳われているが、万人にとってそうとは限らない。ワシにとっては寂しい思いをして生きるより、あの世で楽しく過ごした方が幸せだ。それになにも自ら命を絶つ訳ではなく、病に体を蝕《むしば》まれて自然に果てるのだ。それなら神さんも怒るまい。

タクシーに揺られながら、そう思う。

外を見ると、景色《けしき》は恵比寿の雑踏や高いビル群を抜け、住宅地へと移り始めた。目的地まではもうすぐだ。

今日は青葉が創った、あの『四季』に招待を受けた。いまは特別に外出許可をもらい、店に向かっている。

正直、楓ちゃんには頭が下がる。青葉の無念を忘れず、従業員を雇って店を日本酒バーとして復活させた。バーテンダーの北条クンも筋が通った良い青年だし、妙な特技も持っているようだ。ワシに酒のことは詳しく分からんが、きっとまた繁盛《はんじょう》するに違いない。あの世で青葉に教えてやれば、あいつも喜ぶだろう。彼岸に持って行く良い土産話《みやげばなし》ができた。

だから楓ちゃんには、ワシが死ぬ前にもう充分だと伝えたい。

あの子にはきっと別な形の幸せがあるはずだ。青葉が亡くなってからもう三年も経っており、妻と言えど喪に服すには期間がいささか長過ぎる。楓ちゃんは確かまだ二十六。境遇は似ているが、ワシのような年寄りと違い、若いあの子はやり直しが利く。今日、それを言えればいいが……。

それにしても前は強制的に病院に送り返されたのに、一週間後の今日にもう一度招かれるとは、一体、どんな風の吹き回しだろう。さすがに達磨正宗を飲ましてはくれんだろうが。

タクシーの運転手は細い道を伝えても嫌がらず、店のすぐ前まで運んでくれた。五千円札を差し出して釣りはいらんと言うと、親切なドライバーは慇懃《いんぎん》に頭を下げて、再び車を発車させていく。そして遠ざかるエンジン音を聞きながら、ワシは店の方へ足を進めた。

時刻は午後三時。開店前に、また貸し切りか。少々悪い気もするが。

ワシは呼吸を一つ置く。そして掃除がよく行き届いた引き戸に手をかけ、ガラガラとそれを開いた。

『いらっしゃいませ』

カウンターの中から、異口同音の挨拶が店に響き渡る。

しかしその中には幼い声も交じっており、不思議に思ってカウンターに目を向ける

と、そこには着物姿の楓ちゃんや作務衣姿の北条クンと並び、一緒に亜矢も立ってい
た。どこで借りたのか、大人二人に合わせ、着物を着て立っている。
「亜矢も来とったのか」
聞くと、亜矢は「うん」と、元気良く頷いた。情けないが、孫の着物姿を見て自分
の表情が綻ぶのが分かる。
この子は昔からワシやばあさんによく懐いてくれた。四年前、和博がワシの家の近
くに越してきたこともあって、小学校に上がる前からよく家で遊んだものだ。多少、
おてんばなところがあるが、優しい子に育ってくれたと思う。
「ではどうぞ、こちらの席へ」
北条クンが手を延べて、端の席へ案内してくれた。ワシは彼に従ってそこへ座り、
「この間は、悪かった。少し酔っていて……」
と、頭を下げて以前の詫びを述べる。すると彼は笑って首を振った。
「なんてことないですよ。さ、今日はお酒を出せないんですが、代わりにとっておき
を用意してます」
北条クンは滑らかな口調でそう言うと、楓ちゃんと亜矢に目配せした。すると亜矢
は調理場から皿を持ってきて、

「かーちゃんに教わって作ったの。食べてみて」

と言って、ワシの目の前に料理が盛られた皿を置く。

それは一週間前、亜矢が作ってくれたナッツの炒めものだった。確かに美味かったが、まだまだばあさんには及ばん味付けだったものだ。これが今日のとっておきなのか？　楓ちゃんがなにか手を加えたとか？

「お義父さん」

そう思っていると、亜矢の後ろから当の楓ちゃんが口を開く。

「そのナッツ、きっとお義母さんの味が再現されていると思います。どうぞ召し上がってください。もちろん、亜矢ちゃんが作ったんですよ」

「ほう」

前に食べたときは、もう一味足りない印象だったが……。しかし楓ちゃんにそう言われたら期待も膨らむ。カウンターの中の三人の視線がくすぐったいが、ワシは箸でそれをつまみ、口の中へ運んだ。

すると、ほんの少しの違和感。

――？　前と違う？

そう感じた瞬間、懐かしい風が口の中を通り抜けた気がした。

辛みの中にほんの一つまみの甘みがあり、それら二つがバランス良く絡み合ってコクと深みのある複雑な味わいになっている。

ああ、このナッツ。これは間違いなくばあさんの味だ。これはもう、美味いまずいの問題じゃない。ただただ心が切望していた懐かしい味覚。まるで記憶の深い部分を掘り起こし、思い出が口の中に広がっていくようだった。

これを作ってくれているばあさんの後ろ姿。出来映えを褒めたときの笑った顔。一緒に酒を飲み、少し紅潮した顔色。

いままでぼやけていた記憶の輪郭は、このナッツによって完全な形で脳裏に再現され、そしてそれらは泣きたくなるほど美しくワシの記憶を彩った。油断すると持っている箸が震えそうだ。

「うん……。ばあさんの、味だよ」

堪えながらそう告げると、

「やったあ！」

亜矢は手を挙げて喜ぶ。本当に、優しい子に育ってくれた。久しぶりに、思わず心からの笑みがこぼれそうだ。

「しかし……、よくこの味が分かったねえ。もしかしてばあさんの作り方、亜矢がなにか思い出したのか？　ワシにも教えてくれんか」

　ワシはナッツをつまみながら尋ねる。すると楓ちゃんが、ちょっとバツの悪そうな表情で答えた。

「いいえ。ナッツの作り方自体は、亜矢ちゃんのもので合っていたんです。むしろこのナッツは、お義母さんの作り方じゃないんですよ」

「作り方が？」

　どういうことだ？　どうして異なる作り方で、同じ味が再現できる？　そう思っていると、

「気が付いたのは、冴蔵ちゃんなんです」

　楓ちゃんは北条クンに話を譲《ゆず》る。ワシが目を移すと彼は、頬をかいて口を開いた。

「ちょっと、おかしいと思って考えたんです。前、亜矢ちゃんの作り方を見ていましたけど、流れるように慣れた手付きで、失敗していたようには見えなかった。それなら、輝吉さんの味覚の方に問題があるんじゃないかと」

「バカな。そこまでモウロクしとらんよ」

　反論するが、北条クンはそれを意に介さずに続けていく。

「もちろん、味覚が鈍ってたって話じゃないです。輝吉さんはいつも、達磨正宗を飲

みながらナッツを食べていた。そうですよね？」

「あ、ああ。その通り。飲み始めると、ばあさんが作ってくれた」

「そこなんです。ナッツの豆板醤炒めは達磨正宗と良い相性で、それは互いの味を引き立て合う関係だった。酒は濃醇で甘さにコクがあるタイプ。だから辛い味付けのナッツが……」

「──酒の味と重なって甘辛くなっていた、という訳か」

ワシが答えを察すると、北条クンは頷いた。すると楓ちゃんがニコリと笑む。

「あとは、わたしが冴蔵ちゃんに聞いた通りの味付けをレシピに加えたんです。メープルシロップを混ぜて甘みを出して、クミンパウダーっていうスパイスを使って、香りのバランスを調えました」

「……なるほどなあ」

さすが楓ちゃんと彼女に見込まれた北条クンだ。知恵を活かした、いいもてなしだ。

──あの世で青葉に言ってやろう。お前の後釜は、いまにお前より良い仕事をするようになるぞと。

そんな風にほくそ笑みながら更にナッツをつまんでいくと、

「だからこれからしばらくは、そのナッツが達磨正宗の代わりですよ」

北条クンが真っ直ぐにワシを見て言った。

「どういうことだね？」

意味が分からず聞き返すと、彼は視線に幾分の角を立て、ワシを見据える。

「輝吉さんはたぶん、酔いたくて達磨正宗を飲む訳ではないでしょう？　きっと、おばあさんとの思い出を振り返りたいんですよね？　でも、いまは飲んで良い状態じゃない。だからこれからしばらくは、このナッツの甘辛炒めが達磨正宗の代わりです」

図星を突かれたような気持ちだった。確かに、ワシは別に酔いを求めてはいない。そんなものはいくらでも我慢ができる。しかし耐えられないのは、この孤独感だ。

――なるほど。この料理なら、それを解消してくれるかもしれん。それも、

「……また亜矢が、これを作ってくれるかい？」

孫の手作りなら、なおさらだ。

「もっちろん！」

亜矢はワシの問いかけに、眩しい笑顔でそう答える。ああ、短い余生にも幾ばくかの楽しみができた。ありがたい話だ。と、笑いかけたところで、

「手術を受けてくれたらね！」

亜矢は同じ表情のまま、そう続けた。

──これが、狙いか。孫を利用するとは……。

「手術は、ちょっとなあ……」

いくら亜矢の頼みでも、これは聞けない。向こうには待っている人がいる。亜矢や和博、そして楓ちゃんや北条クンのようにこちらに引き留めてくれる人もいるが、それはただの社交辞令や義務感のようなものだろう。彼らにはワシをこの世に留める理由がない。

「どうしてよっ。じいちゃん、手術しないと死ぬかもしれないんだよ」

「うん……」

これ以上は水掛け論だ。ワシは曖昧な笑みで会話の幕を引こうとするが、

「亜矢ちゃん。ほら。あれを渡さないと」

「あ、そうだ」

楓ちゃんと亜矢で、なにやら相談をしている。なにを渡してくれるのかと思っていると、亜矢は包装された縦長の箱を、両手でカウンターに置いた。

「はい。じいちゃん。プレゼント。お酒だよ！」

「プレゼント？　酒だって？」

どうしてだ？　あれほどキツく止められていた酒を……。少なくとも亜矢の知恵と

は思えない。

「ねえねえ、開けてみて。あたしのお小遣いも出したんだから！」

お小遣い『も』出した、ということは、やはり他に入れ知恵をした人間がいる。恐らく楓ちゃんか北条クン。いや、酒に関することなら、きっと北条クンだろう。

しかし意図が分からない。酒を渡して暗にワシへ死ねと言っているつもりか？　それほど軽佻《けいちょう》な青年には見えないが……。そもそも、亜矢や楓ちゃんがそんなことに賛成しないだろう。

ワシは答えを探るような気持ちで、その包装を解く。そして取り出した中身には、今年の西暦と共に、『未来《みらい》へ』と記された箱があった。

「未来へ……？」

箱を手に持ち、眺め回す。これが酒の名前か？　変わった銘だが……。

「箱の中も、ご覧ください」

北条クンはそう促す。ワシは彼を瞥見《べっけん》したあと、その箱から中身を取り出した。仕舞われてあったのは、琥珀のような美しい色合いをした酒だった。ラベルの中央にはやはり『未来へ』と記されていたが、その右には小さく『清酒《せいしゅ》　達磨《だるま》正宗《まさむね》』と書かれている。

「これも……。達磨さんかい？　いつものものとは違うが……」

「もちろん、そうです」

突っ込んだ内容を聞くと、北条クンがきっぱりとした口調で答えをくれる。

「これは達磨正宗の蔵元、白木恒助商店が、いわばセルフ古酒として売り出している商品です。古酒になるべくして生まれた酒を、お客さんの手元でじっくりと熟成させていく。例えば赤ちゃんが生まれた年のものを購入して、その子の二十歳の記念日に飲むとか。いままでにない面白い飲み方ができるお酒ですね」

北条クンは澱みなく説明をした。すると亜矢がカウンターから身を乗り出し、畳みかけるようにワシの手を握る。

「ねえ、じいちゃん。あたし、いま十歳だから、十年後には一緒にお酒が飲めるよ！　それまでじいちゃんがこれ、持っておいてよ！」

「ワ、ワシが……」

亜矢の、十年後？　この子が十年後には成人だって？

よく見ると、酒瓶の『贈る人』の欄には亜矢の名前が拙《つたな》い字で書かれてあり、そして『育てる人』の欄には、『輝吉』とワシの名前が書かれてあった。

十年後。十年後か。亜矢は一体、どんな娘に育っているのだろう。いまですらこれほど優しく育っているのに。十年も経てばあの達磨正宗のように、味の深い、良い娘になっているだろうな。

二十歳なら学生か。それとも、もう働いているかな。いや、楓ちゃんは確か二十歳で青葉の嫁になった。それなら亜矢だってそうなっているかもしれん。男どもが放っておかんだろう。

いずれにせよ、二十歳になれば成人式には出るはずだ。そのときには晴れ着がいい。目の前の亜矢も着物がよく似合っているから、晴れ着なんか着た二十歳のこの子は、きっと気絶するほど輝いている。それなら可愛い孫のためだ。そのときはワシが良い着物を買ってやろう。一生ものになる、一番いいヤツだ。

そのときは、ワシが……。

ふと、自分の十年後に思い当たる。当然、このままだとワシは生きておらんだろう。せっかくのこの酒も、二十歳になった孫と一緒に飲むことはできない。

ワシは、じっと『未来へ』を見つめた。

シンと、店の中が静まり返った気がした。

――未来へ。十年後へ。この酒は、それまで長く眠っているのか。

「輝吉さん」

考えに沈んでいると、北条クンがワシの名を呼ぶ。

「亜矢ちゃんの十年後。見たくはないですか？」

「そ、そりゃあ……」

即答できない。そして即答できなかった自分に驚く。

「十年後にそれを飲むときには、亜矢ちゃんがまたナッツを作ってくれますよ。そのときは、おばあさんと同じレシピで。きっとそれを肴に飲む酒って、格別だと思うんですよね。昔を懐かしむ古酒もいいですが、未来を夢見る古酒もまたいいものじゃないですか？」

「ああ……」

格別だろうな、と思う。一切の反論ができなかった。十年後に、ばあさんのナッツとこの酒、それとなにより、二十歳になった亜矢か……。

「みんな、ただ生きていて欲しいんですよ。理由なんかないんです。お義父さんならこの気持ち、分かるでしょう？」

楓ちゃんが言葉を付け加える。してやられたな、と感じたが、気分は悪くない。むしろ、心の暗い部分が明るく照らされた気さえした。

ワシは『未来へ』を手にしたまま、目を上げる。

そこには最愛の孫が、未来への希望が、優しい笑みでワシを見つめていた。

◎

「手術の日取り、正式に決まったって。お義兄さんがありがとうって言ってた」

電話を置くと、楓さんは嬉しそうに顔を綻ばせた。

「それはよかった」

おれが答えると、

「話を聞いていると、どうも僕が持ってきた資料が活躍したらしいじゃないか。お礼を言われてしかるべきだと思うけどね」

カウンター席で肘を突く西郷どんが、無理矢理会話に割って入ってくる。早く帰ればいいのに。

あれから四日後の『四季』。その開店前。

楓さんは料理の下ごしらえ。おれは掃除に洗いものと忙しく働いていたのだが、なぜか西郷どんは納品もないのに支度中の店内にズカズカ入り込んで来て、当然のようにカウンター席に腰を落ち着けている。彼のおかげでめでたい話題も中くらいになってしまった気持ちである。

「二人のおかげよ。ありがとうね」

ここで楓さんが大人の対応。西郷どんにそんな言葉はもったいないのに。そう思っていると、

「もう、身近な人が病気で亡くなるの、嫌だから」

彼女は明るい表情を崩さなかったが、少し眉を曇らせて続けた。右手は左手の薬指に触れていて、それを見ると、おれの心もちょっと重くなった。

――このままで、いいのだろうか……。

輝吉さんは重い腰を上げ、伴侶の死から立ち直ろうとしている。じゃあ、同じ境遇の楓さんは？　余計なお世話だと重々承知だが、ずっと十字架を背負い続けるつもりなのか？　楓さんも未来へ、その先へ進むべきじゃないのか？

「やっぱりお似合いだと思うよ。かーちゃんとお兄ちゃん」

西郷どんの隣から声を出すのは亜矢ちゃん。あれ以来、毎日学校帰りに『四季』を訪れては、雑談して帰っていく。いつもはジュースを飲んで大人しくしているのだが、不意にこうして間合いを詰めてくるので気を抜けない。

「こら。輝吉さんにも言われたろ？　マセたこと言わない」

焦りながらおれは軽く叱るが、内心はもっと言えと思ってる。楓さんとお似合いなら、それは男として本懐《ほんかい》を遂げたと言ってもいい。

「ふふ。そう見える？　わたしもまだ捨てたもんじゃないのかしら」

楓さんは頬に手を当て、体をクネクネさせた。前は否定していたのに、ここで乗っかってくるところに、ちょっと嬉しさを感じてみたり。

「じゃあ、かーちゃんとお兄ちゃんの結婚式には、あたしがナッツ作ってあげるよ！　特別だよ！」

「あらあら。それは楽しみね」

言って亜矢ちゃんの頭を撫でる楓さん。照れているのか彼女の頬はほんの少しだけ紅潮していたが、おれの方はもう茹《ゆ》でダコみたいである。

「亜矢ちゃんって言ったっけ。君はまだまだ分かっちゃいないよ」

いままでニヤニヤ眺めていた西郷どんが、ここで余計な口を挟む。

「どうしてよ。かーちゃんも美人だし、お兄ちゃんもいい男だよ。あたしが大人なら惚《ほ》れてるよ」

「ふむ。君は大人になる前に男を見る目を養《やしな》わないといけない。いいかい？　男女には釣り合いというものがあってだね、残念ながら楓ねーさんと冴蔵ちゃんの間には、それが存在しないのだよ」

西郷どんはしれっとひどいことを言う。

「西郷どんに言われたかないですよ。だいたい今日はなんの用ですか。いい加減、開店準備に入るんで、そろそろお引き取りを」

「帰れと言われるといいたくなるのだが」

「じゃあいてください」

「分かった」

了承する西郷どんに、おれは自分のゲンコツに息を吹きかけてみせた。すると隣で楓さんがクスクス笑う。

「二人とも仲が良いわね。羨ましいなあ」

「そう見えます?」

おれは苦い顔で聞き返した。彼と話していると一事が万事この調子である。楓さんもそうだし亜矢ちゃんも席で大笑いしているが、おれにしてみたら疲れるだけだ。

はあと息を吐いて肩を落としていると、

「ま、冴蔵ちゃんもからかい飽きたし。実は用もあるんだ。ちょっと楓ねーさんに話があって」

西郷どんは隣の席に置いていた自分の鞄を開け、中身をまさぐる。

「わたしに？」

楓さんは覚えがないという感じで自分を指差した。西郷どんは飄々《ひょうひょう》とした顔のまま頷くと、鞄の中からとある有名なタウン誌を取り出し、おれたちに見せる。

「『四季』。雑誌に出さない？」

読んだら飲みたくなる！
日本酒BAR 四 -Shiki- 季 お品書き

子供の成長のために尽くす
親心を体現したような日本酒

達磨正宗 二十年古酒

蔵名：合資会社白木恒助商店
創業：天保6年（1835年）
住所：岐阜県岐阜市門屋門61
HP：http://www.daruma-masamune.co.jp/

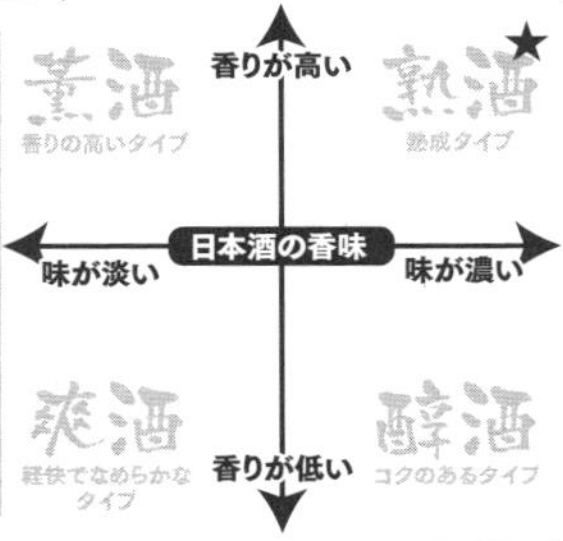

「達磨正宗 二十年古酒」。芳醇とはこの日本酒のための表現。メープルシロップ、蜜蝋のような円熟を極めた香り。味わいは濃厚な甘味とビターチョコのような苦味が融合。さらに、その奥深くに溶け込んだ旨味がいつまでのたなびくよう。一方「未来へ」は、これから熟成させることを前提に醸された日本酒。長い熟成に耐えうるように、麹は通常の1.5倍の割合としたり、三段仕込みではなく五段仕込みとするなど、丹精込めて育てられているのです。子供の成長のために尽くす親心を体現したような日本酒というと情緒的過ぎるでしょうか。

赤橋楓の
オススメ
マリアージュ料理

ナッツの甘辛豆板醤炒め

最初の一口で香るのはクミンのカレーのようなスパイスの味。その後、豆板醤の辛み、花椒のぴりりとしたスパイシーさが遅れて届きます。これだけだと辛いナッツですけど、加えたメープルシロップの仄かな甘みがシナモンの香りと共にしっかりと舌に残ります。お義父さんとお義母さんの懐かしの味ですね。

日本酒BAR
「四季」
春夏冬中

四章

歩み出す一歩、その先へ

待ちに待ったと言うべきか、来るべきときが来たと言うべきか。

今日はいよいよ、『四季』が掲載されている雑誌の発売日である。

どれくらいお客さんが入るんだろう。もしかすると開店と同時の来客があるかも。雑誌片手にグループで来てくれたりして。

開店前、おれはそんな期待をだらしなく表情に垂れ流して仕事をしていたのだけど、いやはや、メディアの持つパワーは恐ろしい。驚異的と言っていいかもしれない。

楓さんたちはその影響力をある程度予測していたようだが、おれはそれを完全に見誤っていた。自分の中では過剰な期待かと思われた先の願望も、フタを開けてみればその実力の半分も評価できていなかったのだ。

確かに『四季』が載ったその雑誌の名前自体は聞いたことがあった。詳しい発行部数は不明だが、特に興味もないおれが知っていたくらいだ。たぶん有名なものなのだろう。

なので撮影から当日までのおれの心理としては、有名な雑誌に載ったんだから、お客さんがたくさん来てくれるかな、来てくれなかったらどうしようかな、といった我ながら可愛いものだったのだが、しかしそんな心配は全くの杞憂《きゆう》で、今日、開店時間の前にメニューを載せたイーゼルを置きに表へ出たおれは、既に店の前に行列ができていたことに、情けなく飛び上がって驚いたのだった。

「か、楓さん、すごいですよ、表。もう並んでます」

逃げ込むように店の中へ入って報告するが、楓さんは余裕の笑顔。

「大きく取り上げてもらったからね。今日は忙しいよ」

そう言いながら下ごしらえをする彼女の仕草や言葉には焦りがない。おれはこんなにビビっているというのに。

「冴蔵クンの腕の見せ所だね。上手く捌かないと」

と、奥から顔を出したのは手伝いに来てくれた和博さんの奥さん。こうなることを見越していたのか、あらかじめ楓さんが応援を頼んでいたのだ。そう言えばこの人からも妙な余裕を感じるし、東京の人間はこんな異常事態に免疫でもあるのだろうか。

おれは彼女の言葉にヘラリと笑ってみせて、もう一度引き戸を開けて表を覗き込んだ。さっき見たところなのに、列がまた長くなってる。

これは、すごいぞ。日本一の日本酒バーなんていままでは雲を摑むような話だったけど、でもこれはそれに向けた大きな一歩になるかもしれない。

予想外なことは、もう一つあった。

いや。しかしこれは予想外とまでは言えないかもしれない。雑誌を見たときから、不穏なものがほんの少し、おれの胸の中で静かにざわめいていた。ここまで如実に表れるとは考えていなかったが。

その胸騒ぎは、『四季』の雑誌の扱われ方に所以《ゆえん》する。

『リニューアル！　恵比寿の日本酒バー　四季－Ｓｈｉｋｉ－』

そう銘打たれ、『四季』は見開き二ページを使って紹介されていた。

西郷どんの友人が編集をしている雑誌らしいので、そういう繋がりが活きたのだろう。扱いは他の店と比べてかなり大きい。紹介記事も非常に好意的なものだった。

しかし問題もあって、今号の特集は、なんとグルメ。

そう、『四季』は日本酒バーとして紹介はされていたものの、記事の中身は料理を中心に編集されていたのである。見開きにはプロカメラマンが撮《と》った楓さんの料理がズラリと並び、それらがとても丁寧な文章で、どれほど美味か伝えられている。一方で日本酒の紹介は端の方、おれが緊張した顔で一升瓶を抱えてる写真が一枚だけだ。

改めて誌面を見ても、嫌な予感が募るばかり。

でも、まあ、バーに料理だけ食べに来る人って少数派だろう。多少は増えるかもしれないが、そういうお客さんも大事にしなければいけない。

と、おれは不安をかき消すように思い込むが、現実は甘くなかった。


雑誌の掲載から十日後。午後四時。

『四季』の開店は通常通りだが、以前と違うのは客足である。あの日からこっち、十しかない席は『春夏冬中《あきないちゅう》』の札を掛けると同時に埋まってしまう。

それはもちろん喜ばしいことなのだが、しかし今日もお客さんからの注文は、楓さんが作る料理の一辺倒。

普段は定番メニューをほぼ持たない『四季』だが、雑誌を読んで来店したお客さんに配慮し、掲載された数種類の料理だけはしばらく残すことにしていた。案の定とも言うべきか、雑誌に載った十日前から、注文はそれに集中している。

迷惑という訳じゃない。店をどう利用しようと、それがルールの中であればお客さんの勝手だ。

が、おれの立場としてははっきり言って面白くない。激しく不満である。屈辱的ですらあった。

初日は、こんなものかと思った。三日目は、今日も料理かと思った。五日目には不安が気持ちの中をひっかかいて仕方がなかった。十日目の今日ともなると、現実的な可能性として商売の宗旨《しゅうし》替《が》えを本気で心配している。

――これでもし、『四季』が料理店として認知されたら、どうなるんだ？

ありえない話じゃないぞ。むしろありがちな話かもしれない。きっと『美人店主、苦労の道のり。幾度かの店の変遷《へんせん》を乗り越え、料理店として花開く』なんてメディアで紹介されて、楓さんの苦労が誇張された美談で語られるんだ。

そのとき、日本酒しか能のないおれの立場は？　果たして楓さんの隣に立っていられるのか？　考えれば考えるほど、不安が心に積もっていく。不幸な未来が垣間《かいま》見《み》えるようだ。

「すいませーん」

妄想に一人頭を抱えていると、お客さんがおれを呼ぶ。

――また、いつものヤツが始まった。おれが変な妄想で苦しむ原因とも言える、この注文。気が滅入《めい》って仕方がなくなるこの時間。

「お水もらえますか」

　グラスを掲げて、そのお客さんはそう要求する。

「……はい」

　返事をしてウォーターポットを傾けると、

「あ、おれも」

「わたしも」

「店員さーん。お冷やー」

　降り続ける水の注文。おれは引きつる笑みで対応するが、不満とイライラは内心で爆発しそうだ。

　この間から、おれの仕事はずっとこの調子である。ウチは日本酒バーで、おれは経験が浅いながらもバーテンダーなのに。おまけに唎酒師でもある。それが水を出すだけの仕事をしているなんて、笑い話にもならない。雑誌の発売からこっちの十日間は、延々とこの繰り返し。二、三日は耐えたが、いい加減に我慢の限界だ。

　気持ちが強張《こわば》り、ささくれ立っていく。そして水をおれに要求する客の声は、そのささくれを逆撫でするようだった。

もう、隠れてしまいたい。別にこんなの、カウンターにウォーターポットを置いておけば、おれがいなくても済む話じゃないか。

楓さんは、いまのおれをどう思っている？　同情？　だったらまだいいけど。しかし用済みの駒《こま》だと思われていたら？　優しいあの人に限って大丈夫だと思うけど……。おれは調理場の楓さんをチラリと見やった。視線には助けを求めるような気持ちも込めたかもしれない。

でもいつもの着物姿でそこにいる彼女は、料理をしながら額に汗を滲《にじ》ませ、その表情には普段以上の充実感がこもっているように見えた。それはおれの良くない想像を加速させ、気持ちをより暗く落としていく。

――本当に、ずっとこのままになったらどうしよう。

ウォーターポットを持つ手に、力が入る。すると、

「こっちに酒、くれるかい」

新しく来店したお客さんが、席に座るなりそう注文してくれた。時計を見ると、午後六時。この時間にして、ようやく本日初の日本酒の注文。

長かった。おれは嬉しさを表情に出さないように心を落ち着けて足を進め、ハンチング帽を深くかぶるそのお客さんの前へ立つ。

「いらっしゃいませ。今日はどういった……」

「北条酒造《ほうじょうしゅぞう》の神風《かみかぜ》をくれよ、坊《ぼ》ン」

──覚えのある声。

おれの体は、射すくめられたように硬直する。

……これは。この声は、もしかして──。

最悪の想像がおれの頭を駆け巡った。たぶん息も荒くなったと思う。

狼狽するおれを見て、その客は可笑しそうに口元へ笑みを湛えた。そしてまるで自分の正体を明かすようにハンチング帽をゆっくりと脱いで、顔を上げる。

「とっつぁん……」

そこにいたのはおれの実家である北条酒造の杜氏、とっつぁんこと三上辰夫《みかみたつお》だった。

杜氏とは酒造りの最高責任者。色んな形態の杜氏がいるが、とっつぁんの場合は北条酒造のサラリーマン杜氏。確かもう還暦《かんれき》で、おれの親父よりも五つ年上だったはずだ。社長でもあるあの頑固親父が、蔵の中で唯一、意見を求めるような存在である。

「な、なんで、とっつぁんが……」

「なんで？　雑誌に出といてそいつはねぇだろ、有名人」

彼はそう言うと、雑誌をカウンターの上に置いた。それは『四季』が紹介されているタウン誌。心の中に、自分の迂闊さを責める声が聞こえてくる。

油断していた。新潟で発行されていない雑誌だったから気にしていなかったけど、知人の目に触れる可能性は充分にあったのに……。

「東京に営業に出て来たらよ、買った雑誌にたまたま坊ンが載ってるじゃねぇか。最初は目ぇ疑ったぜ」

とっつぁんが開いたそのページには、ぎこちなく笑うおれが写っていた。

「……それで、なにしに来たの？　親父に頼まれて連れ戻しにでも？」

「さあ、どうだかな。ま、積もる話もあるが、まずは酒だ。ここは日本酒バーってヤツでいいんだよな？　酒を注文してる客がいねぇが」

「……日本酒バーだよ。北条酒造の酒は置いてないけどね」

「なんでぇ。それでも社長の息子かよ。まあいいや。なんか坊ンのお勧めを出してくれよ。こうやって坊ンと飲めるなんざ、滅多《めった》にねぇからな」

「……どんなのがいいの？」

「どんなものがって？　俺の好みは知ってんだろぉ？」

挑発するように、とっつぁんはカウンターを指でとんとんと叩く。おれは口をへの字に曲げると、それに応えるように酒瓶をカウンターへ置いた。

「とっつぁんにはこれがいいかもね。旭酒造《あさひしゅぞう》の『獺祭《だっさい》　純米大吟醸《じゅんまいだいぎんじょう》５０』」

「おお。回りくどいイヤミを言うようになったじゃねぇか」

とっつぁんはおれの意図を読み取ると、禿《は》げた自分の頭を撫で回しながら、ガハハと快活に笑った。

おれの実家、北条酒造は親父の意向もあり、歴史のある酒造りを因習する、いわゆる酒造家と呼ばれるような蔵元だ。それが悪いとは言わないし大事なことでもあるのだが、北条酒造のそれはいささか度が過ぎていて、もう旧弊に属する過去の遺物《いぶつ》と言ってもいいものだ。

対していま、おれがカウンターに置いた『獺祭』の旭酒造は、北条酒造の対極にいるような存在である。

革命的な高精米、日本初の遠心分離技術、四季醸造。時代に合わせた合理的かつ大胆な発想で技術革新を進め、酒質、生産量をガンガン伸ばしている前代未聞とも言っていい酒蔵だ。

恐らく、味気ないただの合理化や機械化なら獺祭はここまで美味くならなかったろう。『美味いと信じる酒しか造らない』という社是とも言える信念が息づいているからこそ、発想や技術の発達を、極めて効率的に酒質の向上に繋げられたのだ。

昔の酒造りを否定するつもりはないが、やはり工業技術の発達が、現代の酒質を総合的に底上げさせていることは間違いない。少なくともおれは、そこを全て否定することに意味を見出《みいだ》せない。

「ちったあ現代の恩恵に与《あずか》れって言いてぇんだろ。しかし社長にゃ社長の考えもあるこったし……。それに酒造りは日本の伝統文化でもあると、俺も思うぜ、坊ン」

「色んな考え方があるのは知ってる。だけどおれには合わない」

そう言って、おれは獺祭をワイングラスに注いでカウンターに置いた。パッと華《はな》やいだ吟醸香が辺りに広がる。

「ま、強要はしねぇよ。坊ンの代になったら好きにすりゃいいさ」

「そりゃ蔵章《くらあき》に言ってくれ。おれには関係ない」

抗議のように弟の名前を出すが、しかしおれのその言葉を聞いているのか聞いていないのか、とっつぁんは獺祭を一息に喉に流し込むと、

「悔しいが、やっぱうめぇよな、これ」

と、お代わりを要求するようにグラスをおれへ差し出した。

「珍しいね。とっつぁんが余所《よそ》の酒を褒めるなんて」

再び酒をグラスに注ぐ。するととっつぁんはくちびるを舌で湿らせて、ぎょろりと

した目でおれを覗き込んだ。

「美味けりゃ褒めるよ。味のバランスが絶妙だ。まあ、負けたとは思ってねぇけど」

適当に飲んでるように見えても、頭の中にはきっちり対抗意識が芽生えてる。最後に強情を張るとこまで、いかにも職人という感じだが。

「ウチじゃ獺祭は必ず在庫にしてるんだ。初代店主が正岡子規のファンだったからね」

「ほお。それで『四季』か。粋なヤツじゃあねぇの」

獺祭のその名は正岡子規の別号に由来する。この酒が縁《えん》で青葉さんは正岡子規のファンとなり、楓さんと共にこれを好んで飲んでいたらしい。人気の酒なので入手が困難なこともあるのだが、そこは西郷どんに無理を聞いてもらっている。あの人もなんだかんだ言って、『四季』との付き合いは長いのだ。

「しかし、坊ンの店。酒の温度もちゃんと管理してんだな。やっぱり獺祭はこの温度が一番よ。それにワイングラスってのが良い。香りを楽しむにゃもってこいだ。もっといい加減なことやっててんのかと思ったが」

『四季』では燗などの注文を受けない限り、獺祭は雪冷えと呼ばれる五度前後の温度帯で出している。好みによるが、この辺りが純米吟醸５０を美味く感じられる温度のはずだ。

「そりゃそうだよ。曲がりなりにもおれ、唎酒師の資格持ってんだぜ。親父に無理矢理取らされたんだけど、これだけは持ってて良かった」

「……の割にゃ、日本酒頼むヤツがいねぇな。店の前にゃ行列までできてんのによぉ」

「ほっといてくれ」

痛いところを突かれ、思わずムッとする。するととっつぁんは苦笑いを浮かべ、

「ま、遠出してちったぁ息抜きもできたろ。居場所も割れたんだ。家出ごっこもここらで終わらせんのが筋道ってもんだぜ」

そう言って、またカウンターをとんとんと指で叩いた。

「……帰らないよ。悪いけど」

「こんなとこでずっと働くつもりか？　宝の持ち腐れだ。坊ンのその才能は、酒造りにこそ……」

とっつぁんはここまで言うと、おれの強い視線に気が付いたのか、残りの言葉を喉の奥に引っ込める。そしてふっと笑うとグラスに残った獺祭を飲み干し、

「また来るぜ」

と、『四季』をあとにした。おれはくちびるを噛み、閉められた引き戸をじっと見つめた。焦りからか、暑くもないのに額に汗が滲んでいる。

居場所がバレた……。

マズいことになってしまった。親父はプライドが高く、世間体を異様に気にする。おれの家出はそういう意味で、かなりの怒りを買ってるはずだ。

いまはまだとっつぁんが来て優しく諭《さと》してくれてるけど、いよいよとなれば本人が出てきて殴ってでもおれを連れ戻すだろう。そして軟禁同様の扱いを受けるはずだ。

嫌だ。おれは『四季』を離れたくない。せっかく手に入れたおれの居場所を。

なんとか抵抗する手段を考えないと……。

◎

「楓さーん。届いた荷物、どこ置きます？」

閉店後。おれは二階の更衣室で着替えをしている楓さんへ、一階の店舗から声をかけた。店の営業中に届いた楓さん宛の荷物。大きめだが重くはなく、かなり大げさな梱包に思えるものだ。

「んー。ネットで注文してた調理器具かなー。とりあえず階段に置いといてくれる？ここ、いま散らかってるから」

更衣室の中から声が返ってくる。

「えっと……。二階の倉庫、開けてくれたら運んどきますよ」

「ううん。あそこはちょっとね……。置いといてくれたら、あとはわたしが片付けとくから」

申し訳なさそうな口調で、楓さんは答えた。

――やはり、あの倉庫は開かないか……。

二階には部屋が三つ。階段を上がると板敷きの廊下があり、右手におれの部屋。左手に楓さんの更衣室。そして突き当たりに鍵のかかった件《くだん》の倉庫があるのだが、おれはそこへ入ったことがない。楓さん自身も、おれが知る限り出入りしていない。

開かずの倉庫。

いま、ちらっとカマをかけても、ぼやけた答えが返ってきた。そしてこれ以上そのことに触れるのは、暗黙の内に禁じられた気がした。

楓さんにとって大事な場所で、同時に目にしたくない場所でもあるんだろう。たぶん倉庫という建前を借りた、元、青葉さんの部屋だったとか、そんなところかな。

という余計な勘繰りをしていると、

「冴蔵ちゃん。着替え済んだから、ちょっとこっちでお話ししない？」

楓さんが、おれを更衣室へ呼ぶ。

「え、ええ」

別に更衣室に入るのは初めてじゃない。掃除や仏壇に手を合わせるために毎日入室しているが、こういう形でとなると、ちょっと緊張が勝ってしまう。

俺は階段に荷物を置き、そのまま二階へ上がる。そして、

「失礼しまーす」

と、断りながらドアを開けた。

「どうぞ」

中ではにこやかな表情が、おれを迎えてくれる。部屋は畳敷きで、窓際に着物を収納しているプラスチックケースが幾つか引っ張り出されていた。そしてその反対の壁際には仏壇が設置されていて、楓さんはその前の座布団に正座している。

「いつもお仏壇まで綺麗にしてくれて、ありがとね」

彼女はおれに礼を言って、仏壇に目を移す。そこでは在《あ》りし日の青葉さんが微笑み、額の中に収まっていた。

「いえ。掃除も仕事の内ですし。それに青葉さんを疎かにすると、楓さんからバチを当てられる」

「まあ」

軽口を叩きながら腰を下ろすと、楓さんは口に手を当てて笑う。

「で、どうしました？　改まって」

「うん……」

彼女は眉尻を下げ、

「今日のお客さん、実家の方？」

ちょっと聞き辛そうな口調で、おれにそう問いかけてきた。

「……家族じゃないですけど。昔からウチにいる蔵の杜氏です。どうも雑誌に載ったおれを見て、居場所を突き止めたみたいで」

そう言って、おれはとっつぁんと自分の関係を簡潔に彼女へ伝えた。

「そう」

楓さんは答えると、首を横に回してもう一度仏壇を見た。そして自分のうなじに手を持ち上げ、そこをゆっくりと撫でる。

少し、間ができた。

きっといま、楓さんは次に話す言葉を選んでる。そしてその行為は、いまから出てくる彼女の話が、おれにとって受け入れ難いものだと示しているように思えた。

「あのね、冴蔵ちゃん」

「――はい」

覚悟して、言葉を待つ。

「帰らなくても、本当にいいの？」

楓さんの口から出てきたそれは微妙なニュアンスで、意図をどう判断していいか分からないものだった。

「迷惑、ですか？」

「ううん。いいのかなって、そう思っただけ」

「おれは……、ここがいいです」

「――ありがとう」

楓さんはちょっと首を傾《かたむ》け、嬉しそうに微笑んだ。おれは、心から空気が抜けるようにホッとした。

「じゃあ、話はおしまい。明日もきっと忙しいから、今日はもう終わりましょ」

「あ、はい。お疲れ様でした」

おれは頭を下げてから立ち上がり、自分に宛《あて》がわれてる部屋に移動した。ドアを閉めると、外からは楓さんが階段を下りる足音が聞こえてくる。

もう夜の十二時半。楓さんの住まいは近くだが、それでもやはり気になる。送って行くと申し出ても必ず断られるし。心配くらいはさせて欲しいんだけど。

もしかしたらまだ信用されていなくて、送《おく》り狼《おおかみ》とかの警戒をされてるのかもしれない。そんな気は全くないんだけど、でもだとしたら、ちょっと悲しいかな。

おれは『四季』を出て、銭湯に行く道すがらそんなことを考える。

それにさっきの質問だってそうだ。

『帰らなくても、本当にいいの？』

もしかしたらあれ、楓さんの優しさフィルターを通したからあんな言葉になっただけで、本当はもう帰れって言いたかったのかも。ここのとこ、おれがいなくても営業はできそうだし。それに『四季』のこれからについて、さっきは言及がなかった。

そのことだけ、ちょっと不満だったな。『四季』にとっておれが不要ではないかという不安を、彼女が共有してくれていなかったから。

おれは胸によぎる憂いをごまかすように、ふうと息を吐く。すると、

『こんなとこでずっと働くつもりか？』

頭に響く今日のとっつぁんの言葉。思い出すと心の中では、まるで川底を引っかいたように急に泥が舞い上がる。

――働くつもりだよ。

声に出さずに、頭の中のとっつぁんに反論した。でもこの行為そのものが、なによりの不安の裏返しであることが、おれは自分で分かっていた。

おれはマイ銭湯セットを片手に抱えながら、ふと空を見上げる。綺麗な夜空を眺めてみたかったのだが、でも月は雲の背後に隠れているし、都会の明かりで光が弱った星々も、故郷の新潟のものに比べると見応えがなかった。

少し残念な気持ちになり、おれは目を戻して足を進める。

あーあ。もしかしたらおれ、ここでも居場所をなくしてしまうのかなあ。

だとしたら、悲しいかな。

◎

翌日。さすがに客足が途切れた閉店間際の午後十一時。

「考え過ぎですよ～」

お気に入りの十旭日を飲みながら、風間さんはおれを慰める。楓さんがちょっと出かけた隙を見て気心知れた彼に愚痴ってみたのだが、しかし頼りなくヘラヘラしている彼の顔ではなんの気休めにもならない。完全に相談相手を間違えた。

「に、しても矢島さん遅いなあ。入荷した品物の検品だけなんで、もっと早いと思ってたんですけど。閉店時間ってまだ平気ですか？」

「料理はラストオーダーになりますけど、お酒は大丈夫ですよ。閉店時間も気にしないでください」

「マジですか。さすが。神降臨《かみこうりん》！」

風間さんはほめそやすが、いまや酒を注文してくれるこの人の方がおれにとっては神である。二時でも三時でも好きな時間までいて欲しい。

「じゃ、もう一杯もらえますか、同じヤツ」

「はいはい」

おれは注文された十旭日を取り出そうと、カウンターの下に屈み込む。すると入り口の戸が音を立てて開き、外から外気と共に楓さんの匂いが吹き込んできた。

「おかえりなさーい」

目をやらずに挨拶すると、

「いらっしゃいませだろ。ボケてちゃダメだぜ、北条クン」

どうしてか矢島さんの声が聞こえてくる。カウンターの上に視線を上げると、確かに入店してきたのは彼のようだ。

「？　あれ？　楓さんは？」

「いや？　知らねえよ」

矢島さんは不思議そうな顔をしながら、席に座った。

確かに楓さんの香りがしたんだけど……。気のせい？　そう思って立ち上がると、
再び漂う楓さんフレーバー。

――どうして？　知らない間に帰ってきてた？

不自然な引っ掛かりを覚え、おれは鼻をひくつかせてその匂いの元を辿ってみる。

目に見えない霧《きり》のような香気を警察犬のように追跡していくが、やっぱりその出所は
おしぼりで顔を拭く、目の前の矢島さんからだ。

「んー？　なんで矢島さんから楓さんの香りが？」

なにも考えずに思ったことをそのまま喋ると、

「ちょっと、矢島さん。マジやめてくださいよ、そういうの。赤橋さん、密《ひそ》かに憧《あこが》れてんですから」

風間さんが嫌悪感を口にした。

「え？　え？　なんのことだ？」

不意に晒された悪意に矢島さんは慌てるが、おれも風間さんのその拒否感の理由を察すると、同じ感情を彼に向けた。

「ちょっと本当ですか、矢島さん。妻子がありながら。ことと次第によっちゃ……」

「ちょ、ちょっと待て。誤解だ。おれはいままで残業してたんだぞ。風間、お前も知ってんだろうが」

「オレ、自分が引けたあとは知りませんよ」

「そ、そうだ。楓ちゃんはどうなんだよ。今日もここで働いてたんじゃねえのかよ」

そう言えばそうだ。焦って考えが及ばなかったが、さっきまでほとんど休まずここにいた。昼はおれと仕入れに行ってたし。

「じゃあ、どうして矢島さんから楓さんの香りが……」

しかも、相当濃いぞ。

「香り……？　ああ、体からなんか匂うってんなら、もしかすると白檀《びゃくだん》の香りが染み付いてんのかもしれねえなあ」

矢島さんは自分のスーツをクンクン嗅ぐ。

「白檀？」

「香木の一種だよ。今日、それ使った品物が入荷して、ずっと検品してたからな。こういうの」

　そう言って彼は自分のポケットから携帯電話を取り出し、そのストラップをおれの鼻に近付けた。

「あ、これこれ。これが白檀ってヤツなんですか」

　鼻先に漂うのは、ふくよかで優しい空気。それは間違いなく、楓さんの香りと同じものだった。

「そう。このストラップは白檀の加工品でな。今日はずっとこれ検品してた訳。俺は北条クンみたいに変態じみた嗅覚ないから楓ちゃんからなにも匂わんけど、あの子もなんか白檀の品物を持ってるのかもしれねえぜ」

「ああ、なるほど」

　失礼な言動はあえてスルーし、おれは納得する。確かに、いつも持ってるものの香りが体に染み付くのは有り得る話だ。華香堂の社員からは普段、複数の香木が混じった匂いが漂っているのだが、今日の矢島さんは彼の言う事情のため、白檀のみが強く香っているのだろう。

「すいません、なんか、変なこと疑っちゃって」

「そうだぜ。だいたい本当に楓ちゃんとなんかあるんだったら、それこそ女房と離婚して……」

「アハハ。矢島さん、顔と年考えた方がいいです」

風間さんはいつものノリでツッコミを入れる。言われた矢島さんは「この野郎」と呟きながら、おれの差し出す猪口を受け取った。最近は風間さんから愚痴を聞かないけど、このノリでちゃんと仕事ができているのだろうか。

「白檀と言やあ……」

猪口に口を付けて一息吐くと、矢島さんはなにかを思い出すように虚空を見据え、述懐《じゅっかい》するように口を開いた。

「確か、青葉クンもこの香り好きだったっけ。あの手紙にゃなんて書いたのかなあ」

「手紙？」

おれが尋ねると、矢島さんは目をこちらに戻した。

「ああ。文香《ふみこう》ってのがあってな。香料を紙に包んで、それを封筒に入れるんだ。そしたら封筒を開いたとき、差出人に香りまで届けられるだろ？」

「へえ」

そう言えば以前、華香堂の店舗に行った際、その品を目にしたような気がする。形、色、模様、色んなタイプのものがあった。

「青葉クンが入院したとき、便箋《びんせん》や封筒と一緒に、ウチの店の文香を持って行ったことがあんだよ。楓ちゃんに書くからってさ。いまから考えたら、もしかしたら遺書みたいな感じになったのかねえ、あれがよぉ」

◎

楓さんのあの優しい匂いは、香木によるものだった。

それも、青葉さんの好きだったという白檀の香り。もしかすると楓さん、彼の好きだったものを身に着けて、未《いま》だに過去を噛みしめたりしているのかもしれない。

青葉さんが亡くなってから、確か三年。それだけ時間が経ってもまだ想《おも》われてるって、男冥利《おとこみようり》に尽きる話である。それもあの楓さんからだ。なんて羨ましい。白檀の香りも、きっと二人で作った数え切れないくらいの思い出もあるんだろうな。

その一つだろう。

おれはそう考えながら、閉店した店内の照明を消して、表に出る。

時間は深夜零時。楓さんも疲れが溜まったからか今日はもう帰宅してしまったし、華香堂のあのコンビも思ったより早く帰ってしまった。まあ、サラリーマンは明日も朝が早いしなあ。寂しいけど、仕方ないか。

おれは店の前に立つと腰に手を当て、屋外照明に照らされる『四季』を見上げた。

――この店が、二人にとって最大の思い出なんだろうな。きっと宝箱みたいな存在に違いない。ここから見上げる二階の窓が、ちょうど倉庫。恐らく青葉さんの部屋だった場所、だ……？

――あれ？

なんか、おかしい。なんとなく、腑《ふ》に落ちないが。

楓さん、香木を身に着けて青葉さんの香りに浸っている割に、なんで二階の倉庫に出入りしないいんだ？ あそこも懐かしい記憶が残っている場所だと思うんだけど……。

それに考えてみたら、彼を思い出すからと言って酒も飲まないし、そもそも華香堂でなにか買いものをしたって話も聞いたことがない。だいたい楓さんから香る白檀の香りなんて、おれでなきゃ分からない微かなものだ。

――矛盾を感じる。どうしてだろう。

おれは首をひねるが、しかしすぐに頭を振ってそれをやめた。

考えるだけ無駄だし、こんなものは下衆《げす》の勘繰りだ。そもそも人間の感情なんて、理屈で割り切れるようなもんでもないし。

そんなことより、閉店作業をしなきゃ。掃除も終わったしレジも締めたから、あとは店の前に置いてあるイーゼルを片付ければ業務も終了。さっさと片付けて今日も銭湯だ。デカい風呂がおれを呼んでいる。

そう思いながらイーゼルを持ち上げると、

「よぉ、坊ン」

背後から聞こえる、この口調。イーゼルを置いて振り返ると、まるで暗闇の中から影が起きたように、ぬっとその姿が現れた。

「とっつぁん……。また来たの」

「営業時間中じゃゆっくり話もできねぇからな。閉店時間を狙ったのよ」

やや猫背な独特の姿勢で、彼は飄々と近付いてくる。そしておれの前に立つと、いつものようにハンチング帽を脱ぎ、それをジャケットのポケットに押し込んだ。

「今日はどうだ？　前と違って忙しかったかよ」

「イヤミでも言いに来たの？　それなら他当たってくれない？　忙しいから」

「へっ。言うようになったじゃねぇの」

とっつぁんは口角を持ち上げてそう言い、そのままおれの背中に回った。顔だけ曲げて様子を見ると、彼はおれの後ろで、『四季』のイーゼルを観察するようにじっと凝視していた。

「日本酒バー、か。都会にゃ変わったバーもあるもんだ」

「なに言ってんの。新潟にだってあるよ」

「本当かよ。行ってみてぇなぁ、坊ン。案内でもしてくんねぇか」

「蔵章がいるだろ。してもらいなよ」

昨日と同じような言葉を返すと、とっつぁんはフッと鼻で笑った。それは嘲笑のように思えたが、弟の蔵章に向けられたものか、それともおれに向けられたものかは分からなかった。

「……蔵。もう皆造《かいぞう》はしたの？」

おれは話題を変える。その年の酒造りを終えることを皆造と言い、目安だがシーズンは十一月頃から春の彼岸にかけて。年を通して造る蔵もあるが、北条酒造を含め中小の蔵の多くは昔ながらの寒造《かんづく》りだ。

「ああ。先月な。打ち上げは坊ンがいねぇ分、締まんねぇもんだったぜ」

「おれがいて締まった宴会って見たことないけど」

「確かに、そうかもな」

とっつぁんは時間帯に配慮してか、声を殺してクックックッ、と少し前屈みになっ

て笑う。そして表情そのままにおれを見ると、

「帰って来いよぉ、坊ン」

と、優しい口調で言った。

とっつぁんは北条酒造の中でほぼ唯一の、おれの理解者だった。彼はおれという人間を嗅覚まで含めて高く評価し、積極的に自分の酒造りの技術を伝えようとしてくれていた。次期杜氏として育てようとしてくれていたのだ。

しかし蔵ではそうであっても、親父が王様の会社全体の中では思うようにことが運ばない。親父は弟の蔵章を自分の後継に考えているようで、会社の中でもその考えは浸透していた。実際、蔵章は優秀な弟だった。

一方のおれは酒が飲めないこの体質が災いし、親父から嫌われていた。そして親父の意思は会社の意思。全員の前で暴力的に親父から嫌悪感を示されていたおれは、母屋《おもや》でも蔵でも爪弾《つまはじ》きになり、居場所をなくしていた。

耐えかねてこちらから話しかけても、誰しもが迷惑そうな顔をした。おれに与《くみ》すると自分まで親父に目を付けられるからだ。それでも社長の息子という立場だけは変えようがなく、周囲にはずいぶんと気を遣わせた。

そんな中で、とっつぁんだけはおれに良くしてくれた。ある程度親父に意見を言え

る彼だからこそ、そうできたのだと思う。とっつぁんがいなかったら、おれはもっと早くに逃げ出していただろう。

「とっつぁんの気持ちは嬉しいんだ。でも、もう勘弁して欲しい。おれが帰ってもみんな迷惑する。蔵章だけがいれば、それで全部丸く収まるんだからさ」

逆に説得しようと話してみるが、とっつぁんは首を横に振る。

「蔵章ちゃんじゃあダメだ。言う通りに動くから社長が重宝してるだけ。誰かの下に就いて活きるタイプの子だよ、ありゃあな」

「……大丈夫。賢《かしこ》いヤツだよ。おれと違って上手く立ち回れる」

「俺はそう思わねぇ。トップは多少、跳ねっ返りの方がいいもんだ」

とっつぁんはそう言うと顔から笑みを消し、シリアスな目でおれを見据えた。

「なぁ、坊ン。守ってやれなかったのは申し訳ないと思ってる。今度は絶対に悪いようにはしねぇ。蔵も変わった。帰ってきてくれ。俺だっていつまでも現場に立てる訳じゃねぇんだ」

「やめてくれ。何回も言うけど、おれがいたらみんなの迷惑……」

「絶対に悪いようにはしねぇ」

とっつぁんはおれの話を遮り、自分の言葉を強い口調で繰り返した。

「もう蔵の連中にも言い含めてある。あいつらだって坊ンと蔵章ちゃん、どっちが酒造りに向いてるか知ってんだ。坊ンにはその鼻もあるしな」

とっつぁんは自分の鼻を、とんとんと指で叩いてみせた。

「坊ンがいなくなって、蔵の連中はみんな罪悪感を覚えてる。だから今度は俺だけじゃねえ。みんなで団結して坊ンを守ろう、盛り立てようって話をして、もうまとめてあるんだ。あとは神輿《みこし》が帰ってくるのを待つだけさ」

「……よく、そこまでできたね」

親父の求心力に陰りでも見えてきたのか？

「誰もが心の中で反発してたんだよ。下戸の杜氏なんて別に珍しかねぇ。俺ぁ社長の酒造りには共感できるが、人の扱い方にゃ納得できねぇ部分も多い。自分の理想や美学を貫くのはいいが、他人にそれを押し付け過ぎだ。会社の連中も思ってたけど、言い出せなかった。目ぇ付けられんのにビビッてな。坊ンの家出が、いいきっかけだったのさ」

「そう……」

本当に、そうなのか？

あの冷たかった蔵が、母屋が、おれを温かく迎えてくれるのか？

それは難しい想像だった。飲めない体質だと分かってからこっち、誰もが親父の意向に沿うようにおれと親しくなるのを避け、よそよそしく冷淡な態度を取っていた。

——実家に、居場所ができた？　本当に？

「帰ってきてくれんだろ？　坊ン。なんも心配なんかいらねぇから。な？」

とっつぁんは哀願するような目をおれに向けた。それは初めて見る彼の目だった。

「いや、やめてくれよ、そんな……」

「ウチなら坊ンの才能を目一杯活かせるぜ。俺ぁよ、坊ンがまだほんのガキの頃から思ってた。ウチの酒造りを継ぐのは坊ンしかいねぇってな」

とっつぁんは切実な視線でおれを見据える。

「その鼻は天からの授かりもんだよ。大事にしなきゃなんねぇ。坊ンなら必ず、見たこともねぇ酒が造れる。酒飲む客がいねぇバーにゃあもったいねぇよ」

「いまは……、たまたまだよ」

「そのたまたまが今後も続かねぇ保証はねぇだろ。なぁ、頼むよ。坊ンがいなかったら、誰が俺の酒造りを継ぐんだよ。ずっと守ってきた北条酒造はどうなるんだ……。こりゃあ従業員全員の問題なんだぜ」

彼はそう言うと、

「この通りだ」

と言って頭を下げた。

おれはそれを、目眩がしそうな気持ちで見つめていた。

おれが子供の頃から知るとっつぁんは、自信に溢《あふ》れ相手が親父でも退かず、いつも剽悍《ひょうかん》な表情で仕事をしている強い男だった。いま目の前にいる自尊心を捨てたような彼とは、似ても似つかない人だ。

「………」

おれは答えを返せない。こんなおれへ、ここまでしてくれたとっつぁんにどう返事をすればいいのか分からなかった。

おれが繰り返す「ここに残る」という頑なな言葉が、これほどの誠意を見せる彼へのきちんとした返事なのか？　そしてその答えが正解なのか？　実家に帰って仕事をしていた方が、おれにとって自然じゃないのか？　だいたい、今後も『四季』におれの居場所が保証されているのか？　昨日の楓さんの話は、本当に言葉通りに受け取っていていいものなのか？

とっつぁんの言葉で堰《せき》を切られたのか、積もっていた迷いは雪崩《なだれ》のように押し寄せてくる。分からない。どうすればいいのか全く分からない。

押し黙っていると、やがてとっつぁんは頭を上げる。そしてポケットから名刺を取り出すと、

「いまは営業も兼ねて東京に来てる。その気になったら連絡してくれ。あと二、三日はいるからよ」

と、それをおれに渡し、向こうに振り返った。そして肩を落として、抜け殻のような歩調で歩いていく。

闇に紛れて見えなくなるまで、おれは彼の背中を見送っていた。

——どうすりゃいいんだ。

心の中で呟き、彼の名刺を凝視する。

怒りとも迷いともつかない複雑な感情に、心の一部を食われた気がした。楓さんの夢に力を尽くそうと誓ったはずなのに、簡単に揺らぐ自分の弱い心が憎かった。

おれは奥歯を噛む。ギリギリと不快な音が、頭の中に響いた。

——クソ。

おれは、決めたんだ。『四季』で働くと……。

そうだ。そう決めた。誰に頼まれてもここからは動かない。だいたい、あの冷たい会社がとっつぁんの呼びかけだけで変わるというのも怪しいものだ。彼は確かに慕わ

れていたが、みんなの親父に対する恐れはそれ以上だった。

自分に言い聞かせるようにして、おれはとっつぁんの名刺をポケットの中へ突っ込む。そして閉店作業中だったことを思い出し、イーゼルを仕舞おうと店の戸を開けた。

すると、暗い店内から微かに楓さんの香り。

一瞬、自分の嗅覚を疑った。確かに彼女は帰ったはずだ。どこかフラフラした足取りで、疲れているんだろうな、と、おれは帰宅する姿を見送ったはずだが……。

――楓さん、帰ってなかったのか――。

だとしたらマズい。いまのは聞かれていい話じゃない。きっと楓さんにとっては抵抗のあるものだろう。一瞬でもおれが迷っていたって知ったら、今度こそ本当に愛想を尽かされるかもしれない。

おれは手探りで電気のスイッチを探し、

「か、か、楓さん。いつからそこに？」

噛みながら店内のランプに明かりを灯した。が、しかし、返事はない。

「？　楓さん？」

ちょっと拍子抜けしたような気持ちで、おれは店内を見回す。しかしどこにも彼女の姿はなく、店内は無人だった。

気のせいかと思ったが、しかし依然として彼女の香りは漂う。キョロキョロしながら探るようにカウンターの裏手に回ると、

「あ……」

食器棚に、彼女がいつも持っているバッグ。香りはそこからだ。

緊張していた全身が弛緩《しかん》する。聞かれていなかったことにホッとした。

いや、たとえ聞かれていたとしても気にすることはないんだ。疚《やま》しい受け答えなんてしていないのだから。それでも余計な心配はさせたかもしれないけど。

——心配。してくれるのだろうか。ちょっとそこは不安だ。

しかし、それにしても彼女が忘れものとは珍しい。しっかり者なのに。やっぱりここ最近、料理の活況が続いているから、相当な疲れが溜まっているのだろう。

——おれも負担を押しつけといて、くだらないことを羨んでる場合じゃないよな。仕事は自分で作らなきゃ。なにか目を惹くような日本酒でも……。

考えを無理矢理前向きにしようとしたとき、ぴしゃりと大きな音を立てて、入り口の戸が開かれた。驚いて目を移すと、肩で息をして顔面蒼白《がんめんそうはく》の楓さんが、店内をぐるりと見渡していた。

——どうしたんだ？　いつもの落ち着いた彼女じゃない——。

って、これか。

「あの……。バッグを探しているんなら、ここにありますけど」

おれが食器棚に置かれたバッグを指差すと、彼女は返事もせず、こちらへすごい勢いで駆け寄ってきた。そして自分のバッグを確認すると、

「よかったぁ～……」

それまでの迫力が嘘《うそ》のように、バッグを抱いてその場にへなへなと崩れ落ちた。瞳には涙まで浮かべている。

「あ……、ごめんね。驚かせちゃった？」

指で涙を拭い、ごまかすように笑いながら、彼女はおれを見つめた。

「あ、いえ。大丈夫ですけど。忘れものなんて珍しいなと思って。財布か携帯でも入ってたんですか？」

それでも、ちょっと大げさな表情だった気がする。

「ううん。今日は財布も携帯も、別のバッグに入れてたから。それで油断しちゃってたのかもね」

「……へえ」

財布も携帯も無事なのに、そこまで焦る？　そんなに大事なものがその中に？

そう言えばこのバッグ、楓さん本人よりも、白檀が強く香ってるぞ。そしていま見せた彼女の顔色。矢島さんが言っていたあの件……。もしかして……。

「手紙が……?」

頭の中で繋がりを感じたおれは、つい思い付いたことを口にしてしまう。するとそれが図星だったのか、楓さんは凍ってしまったように、その表情を硬めた。

「あ……、いや。矢島さんから聞いて……」

「そう……」

気にしないで、と笑ってくれるかと思ったが、しかし彼女は打ちひしがれたように、表情に影を落として黙り込んだ。ヤバい。

「あ……。違うんです。ど、どんな手紙だったのかなあって。ほら、楓さんの旦那さんだし、ずっと好きな人だし、すごく情熱的なラブレターだったりして。それともなにか面白いことが書いてあったり。あ、そ、そうだ。香り付きでしょう? なんて言うか、洒落てますよね。さすが青葉さん。おれじゃ思い付かないですよ。楓さん、愛されてますすよ、ね、え」

軽い調子でごまかしてみるが、楓さんの面持ちは晴れない。上滑りしていく自分の言葉が、だんだんと意図していないところへ向かっていくのを感じた。なんて失態だろう。早く挽回しなければ。

「いや……、あの……。も、もちろん、内容とかは知らないんですよ。矢島さんがどうだったのかなあって言ってて。矢島さんが」

焦る頭を働かせ、おれは矢島さんに全責任を押しつけるという素晴らしくナイスな作戦を思い付く。そしてそれを実行しようとするが、しかし楓さんはひどい憂鬱《ゆううつ》を顔に宿して、眼差《まなざ》しをおれへ向けた。

――なんだ？　またも地雷を？

「冴蔵ちゃん」

いつになく低い声で、彼女はおれの名を呼ぶ。そのいままでにない威圧感は、背筋に氷を落とされたように冷たかった。

「もう、そのことを話題にしないで。二度と」

いつもの楓さんからは想像できないそのきつい声色《こわいろ》は、おれの心の不意を突いた。胸を鋭いものでえぐられたような衝撃を受け、おれは言葉も出なかった。

「あ……、いや……」

「次にそのことを言ったら」

怯《ひる》み、口ごもるおれに言葉をかぶせると、

「出て行ってもらうから」

眉間にシワを寄せた楓さんは、切りつけるような口調でそう言った。

これを聞いたとき、おれはどんな顔をしていただろう。

彼女の発音は一言一句正確なものだったが、しかしおれは自分の耳を疑わずにはいられなかった。

みぞおちを打たれたように、呼吸がし辛かったのは覚えている。いま、目の前で起こっていることは全て夢で、実はおれは二階にある自分の部屋で寝ており、頬をつねればいつものように目が覚めるんじゃないかと本気で思った。

「いい？」

「……はい……、えっと……」

呆然としたまま消えそうな声で返事をして、おれは自分の身に降りかかった事態をようやく理解し始めていた。罪に見合わない罰を突きつけられた気分だった。

「──いや、あの……」

おれはそう言って、楓さんを見つめる。

「……いくらなんでも、ひどくないですか？　デリカシーがなくて申し訳なかったと思いますけど、でも悪気がないのは分かるでしょう？」

「…………」

楓さんは目を逸らし、返事をしなかった。突き放すようなその様子を見て、おれは湧き上がる自分の感情を、次第に処理し切れなくなるのを感じた。

「それとも、おれなんかいなくなったらいいと思ってますか？　そっちの方が本音ですか？」

強い語調で答えを引き出そうとするが、やはり彼女はなにも言わなかった。そしておれにはその沈黙が肯定の証《あかし》のように思えた。

「……分かりましたよ。それじゃそうします」

「……そうする？」

楓さんは横目でおれを見て、ようやく口を開いた。

「二回目なんて待つことないですよ。いま出て行きます。その方がいいんでしょう？　お世話になりました」

そもそもの原因が自分にあるのは自覚していた。でも、心に渦巻く不安が引き金になってしまい、滑り出した口は止まらなかった。おれは頭を下げると店の奥に引っ込み、階段を上っていく。

しかし情けないけど、本音は言葉や行動と裏腹で、おれが必要だからいて欲しいと楓さんに言って欲しかった。居場所を失いたくはなかった。

おれは背中から声がかかるのを待つように、神経を後ろに集中して足を進めていく。

でも……。

——声が、かからない。

楓さんが動いた気配もない。恐らくカウンターの中で、バッグを抱いて座ったまま。

おれは一段、また一段と、階段をきしませる。

そして二階に一歩近付くたびに、楓さんの本心を見せつけられているような気がして、心が緊張した。とても惨めだった。

おれは結局、『四季』でも居場所を作れなかったのか。どこへ行ってもやっぱり不要な人間だ。実家と同じように……。どこへ行っても……。

耳の中に、親父の罵声《ばせい》が響き渡る。蔵のみんなの冷淡な態度も思い出された。

——あそこに、帰るしかないのか。『四季』で過ごす毎日は密度が濃くて、生まれて初めて生きてるって実感を持てたのに。ようやく、人に求められて仕事ができると思えたのに。

おれは死に向かうような重苦しい気持ちで、また一歩、階段を上る。そして二階まででいよいよあと数段というところで、

「待って」

一階から声が聞こえた。それは聞きたくて聞きたくて仕方がなかった、楓さんの優しい声だった。

待望のそれを受け、おれは思わず足を止める。しかしいきなり停止させてしまった足は行き場を失い、空中に足場を求めるような形だ。平衡感覚《へいこう》が思わず崩れてしまう。

「……っと！」

おれはヤジロベーのように両手を広げ、なんとか足を着地させるが、

「お、おわっ！」

しかしそこに置いた足がなにかに捉われて滑り、今度は大きくバランスを崩した。

——マズい！

慌てて見ると踏んでいたものは小包で、昨日、おれがそこに置いた楓さん宛のものだった。いきなりのことで、そこまで見えていなかった。

おれはたまらず体勢を立て直そうとあがくが、しかし弾みで体は反転してしまい、後方に傾いている。両足だってもつれたままだ。踏みとどまるのは難しい。

おれはとっさに壁に手をつこうと腕を伸ばす。しかし腕は思うように動かず、空振りして空を切った。そうなったら最悪だ。

腕のバランスまで失ってしまうと、頭のガードはおろか受け身も取ることもできない。おれはそのまま後ろに倒れ、後頭部を階段へしたたかに打ち付けた。

瞬間、鈍くて重い痛みが、頭に走る。そして衝撃は全身を貫くようだった。四肢が動かず、無抵抗な体は階段を二、三段ずり落ちた。

「冴蔵ちゃん！」

目の端には、恐怖に引きつる楓さんの顔が映った。また心配をかけてしまったな、と心のどこかで思ったとき、視界が閉ざされて意識は暗転した。

赤橋楓

冴蔵ちゃんの意識が戻らない。

救急車で大きな病院に運ばれて一時間。ＭＲＩ検査の結果、とりあえず脳に異常は見当たらなかった。でも重度の脳震盪《のうしんとう》だから経過を観察し、意識が戻ってから改めて診察するということで、いまは病院の個室に寝かされている。脳のことなので慎重を期すそうだ。

わたしは彼の傍らに座り、ずっと手を握っていた。そうしていないと気がおかしくなりそうだったから。自分のせいで、冴蔵ちゃんがこんなことになるなんて……。

わたしは目を閉じて額を差し出し、冴蔵ちゃんの手をそこへ当てた。すると脳裏に浮かぶのは、あの光景。

小包に足を取られ、背後に転倒した冴蔵ちゃん。階段の途中で仰向けになった彼は、眠ったようにピクリとも動かない。

それはかつて『四季』の二階にある青クンの部屋で、彼が吐血して倒れていたのを彷彿とさせるシーンだった。あれより大きな恐怖をわたしは他に知らない。それを思い出すことが恐く、いまではあの部屋を倉庫という体で開かずの間にしてあるくらいだ。

出会ったときから、どことなく青クンに似ていると思っていた冴蔵ちゃん。まさかこんな場面まで似てしまうことになるなんて。

あそこで呼び止めなければ。疲れを言い訳にせず、わたしがちゃんと小包を仕舞っておけば。カッとなってひどいことを言わなければ。

そうだ。そもそも、あれがいけなかったんだ。なんでわたし、あんなに冷たいことを言っちゃったんだろう。昨日、冴蔵ちゃんが『四季』に残るって言ってくれたときは、跳び上がるくらい嬉しかったのに。

思い出すたびに鼻の奥がツンと痛み、目からはまた新しい涙が滲み出る。素直に手紙のことを話せれば良かったんだ。それならこんなことにはならなかった。わたしに勇気がなかったから……。

後悔が重く肩にのしかかる。わたしは助けを求めるように、冴蔵ちゃんの手をぎゅっと握った。

──ごめんね。

何度目か分からない謝罪を心の中で繰り返す。そして早く目を覚ましてと祈るように呟いた、そのとき、

「その様子じゃあ、坊ンはとりあえず無事ってとこか」

戸が開き、狭い病室にしわがれた声が響く。振り返るとそこには三上さんという、冴蔵ちゃんの家の杜氏が姿を見せていた。冴蔵ちゃんのポケットから名刺がはみ出ていたので、わたしがさっき連絡しておいたんだ。

彼はわたしを見るとかぶっていたハンチング帽を脱ぎ、

「涙を拭きねぇ。べっぴんが台無しだぜ」

と言って、ジャケットのポケットからハンカチを取り出した。

「……すいません。洗ってお返しします」

「かまわねぇよ。かわい子ちゃんにプレゼントだ」

三上さんは快活に笑い、手元の椅子を引き寄せて座った。確かこの人、冴蔵ちゃんの実家の蔵で、唯一の彼の味方だって言ってたっけ。

わたしは涙を拭きながら、良い人だな、と思った。

「で、べっぴんさんよ。なんで坊ンがここに寝てんのか、ちょっと詳しく教えてもらえねぇかな。この子ももういい大人だからさ、あんまり干渉はしたくねぇんだが、訳くらいは知っておきたいのよ」

彼はそう言うと頭をポリポリかいて、

「それと、ついでだ。俺ぁまだ坊ンがどういう経緯《いきさつ》であんたのとこに世話になってんのか、よく分かってねえ。ゆっくり話もできなくてよ。坊ンも眠ってることだし、そのとこも聞かせちゃくんねぇかい」

と言って、わたしを見た。彼の雰囲気から怒りは感じられない。でも向けられる眼差しには、ただならない迫力があった。

「――はい」

話すことを冴蔵ちゃんは承諾してくれるだろうかと迷ったけど、きっと三上さんにならと許してくれると思い、わたしは口を開く。

内容は、まず今回の脳震盪の経緯と検査結果、そして約二ヶ月前、冴蔵ちゃんがウチに来てからのことを、なるべく丁寧に。

その中で、彼がいかに真面目《まじめ》で働き者か、お客さんに好かれているか、また、お客さんのことを考えているか、なにより『四季』にとってどれだけ必要な人材かということを強調し、

「冴蔵ちゃんが帰るって言ったら、わたしにはもう止めようがないんですけど。でも、無理矢理連れ戻すようなことはしないで欲しいんです」

と、三上さんを正面に見て言った。言外には、彼は自分の意思では新潟には帰らないと伝えたつもりだった。

「なるほどねえ。また、坊ンがえらく世話になったみてぇだ」

三上さんはそう言うと、

「すまなかったなあ」

大股《おおまた》で座ったまま膝《ひざ》を掴み、頭頂部をわたしに見せる形で頭を下げた。

「いえ、そんな……。わたしの方が助かったくらいで……」

わたしもそう言って、負けずに頭を下げる。すると彼は姿勢を正し、なにが可笑しいのかガハハと笑った。

「ま、さっきも言ったろ。坊ンもいい大人だ。少なくとも、俺は無理強いしねぇよ。お願いはするけどな。坊ンが帰りたくねえってんなら、しょうがあるめぇ」

「あ、は、はい」

意外なくらいあっさり意見を引っ込めてくれて、わたしは安心する。やっぱり、冴蔵ちゃんの味方だった人。きちんと意思を尊重してくれるんだ。

わたしがそう安堵しかけたとき、

「ただな、これだけは言っとく」

三上さんはくちびるを結んで、わたしを見据えた。

「あんたにゃ悪いがな、坊ンは必ずウチに帰ってくると思うぜ。逃げ出したままで終わるようなだらしない男じゃねぇ。違うか？」

確かめるような三上さんの言葉に、

「……冴蔵ちゃんに任せます」

わたしには、そうとしか答えようがなかった。きっと冴蔵ちゃんはウチを選んでくれると信じている反面、三上さんの言うことは確かに的を射ていると思った。

「結構だ」

三上さんはそう言うと立ち上がり、眠っている冴蔵ちゃんの顔を瞥見する。

「今回の件は社長にゃ伝えねえでおく。またうるせぇからな。――それじゃあ、べっぴんさん。話せてよかったよ」

「え……？　お帰りになるんですか？」

意識が戻るまで一緒にいると思っていたけれど。

「ああ。俺は坊ンが無事だと分かりゃあそれでいいんだ。それにこの子が起きたとき、俺までいたんじゃあまた嫌な顔されちまう。べっぴんさんと二人きりの方がいいだろうさ」

「そ、そんな。わたしなんか……」

「赤くなりなさんな」

三上さんはそう言うと、ポケットにねじ込んであったハンチング帽を取り出して、それをかぶった。そしてこちらへ振り返らずにドアに向かい、

「じゃあな」

と、手の甲を見せるように上げて、病室をあとにした。

わたしはぼんやりしながら彼の去った方を眺める。

――飄々とした人。

わたしはなんとなく、冴蔵ちゃんがあの人は自分の味方だったと言っていたのを理

解する。明らかにわたしよりも冴蔵ちゃんを分かっている様子が、なんだかちょっと悔しかった。

でも、彼と話して思い出すのは、やっぱり冴蔵ちゃんの境遇だ。普段の明るい態度で忘れがちだけど、冴蔵ちゃんも避けられない問題を抱えている。この子は……、このままだと、それからずっと逃げることになるのかな。

そう思ったとき、なんとなく冴蔵ちゃんの状況が、自分にとても似ていると思った。同時に彼へわたしからしてあげられることも浮かんだけど、結果を考えるととても恐く、わたしはドアの方を見ながら首を振った。

すると、

「……とっつぁん、行きました？」

不意にかすれた声がする。

わたしは心臓が張り裂けそうな思いで、ベッドに振り返った。

そこには薄く目を開けている冴蔵ちゃんがいて、彼は弱々しく微笑を浮かべ、こちらに眼差しを向けていた。

「冴蔵ちゃん……、いつから、起きて……」

わたしは顔を手で覆い、驚きを堪える。気を抜くと膝から崩れてしまいそうだった。

「つい、さっき。とっつぁんが、楓さんをからかったときに……。顔、赤くなってるの？」

「なってない」

強がってみたけど我慢できずに、わたしは彼を覆うシーツに抱きついた。そして、

「ごめんね、冷たいこと言って」

そこに顔を埋めたまま、わたしは言った。涙まみれのこの顔は、とても見せられなかった。

「……おれの方こそ。ごめんなさい。……ねえ、楓さん」

枕に頭を置き、彼はそのままの姿勢で、わたしを呼ぶ。

「なに？」

「……おれ、……まだ『四季』にいたいです」

「え」

わたしは声を出し、思わず顔を上げる。

「――ありがと」

「ひどい顔」

せっかく素直な気持ちでお礼が言えたのに、冴蔵ちゃんはわたしの顔を見て笑った。

「怒るよ」

睨むと、彼は微笑んでそれをかわした。わたしは怒ったフリだけして姿勢を正し、椅子に座る。でも内心は、冴蔵ちゃんが大丈夫そうでホッとしていた。

「おれ、ずっと『四季』に自分が要らないんじゃないかって、不安で。イライラしてたんです。それで、あんなこと言っちゃって……。すいませんでした」

「――どうして、『四季』に冴蔵ちゃんが要らないの？」

思ってもみなかった言葉に、わたしは驚きを込めてそう聞いた。

「……日本酒の注文、減ってて……。それで……」

「……バカね」

わたしが思っていた以上に、この子は繊細なのかもしれない。ううん。他は普通でも、実家のことがあるから、きっと自分の居場所についてだけは人一倍敏感なんだ。

――上手くケアしてあげられなかった。わたしの、責任だ。

加えてひどいことを言ってしまった罪悪感が、胸を刺す。けれどわたしはそれを見せないように、にっこりと笑った。

「注文が減ってるのは、雑誌の影響だからいまだけだよ。それに『四季』は、日本酒バーじゃなきゃ意味がないの。ねえ、冴蔵ちゃんならどういう意味か、わたしの言いたいことが分かるでしょう？」

言うと、冴蔵ちゃんは少し目を潤ませたように見えた。でもそれを隠したいのか、彼は視線を天井の方へ向けて、

「……はい」

と、一言だけ返してきた。

「良かった」

わたしは努めて落ち着いた口調を冴蔵ちゃんに向ける。

「さ。早く良くなって退院してね。そしたら美味しいご飯作ってあげるから、一緒に食べよ。それで、仲直り」

「ええ。もう、体はなんともないですよ。寝起きだから、ちょっと感覚が頼りないですけど」

「いまみたいなのは、寝起きって言わないよ」

わたしはそう言って、また微笑んだ。そして大きく息を吐く。

冴蔵ちゃんの目が覚めた。しかも二人の間に残っていたわだかまりも、綺麗に溶けた気がする。本当に救われたような気持ちだった。気を抜くと、また涙が流れそうだ。

――いまなら、迷っていたあれを言えるかもしれない。ううん。きっといまが言う

べきときなんだ。これは自分自身のためでもあるし、そしてきっと冴蔵ちゃんにも新しいなにかが訪れると思うから。

今度は、彼をきちんとケアする。もう結果を恐れるようなことはしない。二人ともいまのままじゃ、きっとダメなんだ。

わたしは決心を固めると涙を拭い、

「ねえ、冴蔵ちゃん」

問いかけるように、彼の名を呼ぶ。

「あとで、話したいことがあるの。青クンの手紙のこと。誰にも言ってなかったこと。聞いてくれる？」

言いながら、果たして諍《いさか》いの原因にもなったこのことを冴蔵ちゃんは了承してくれるかな、と思ったけど、でも彼なら必ず応えてくれるという信頼も、心のどこかで感じていた。ドキドキして答えを待つと、

「楓さんの話なら、いくらでも」

彼は枕に頭を置いたまま、微かに口元を緩ませた。

少し体が浮くような感覚があるが、たぶんじきに慣れるだろう。

早朝、医師に指示された運動を一通りこなすと、おれはとりあえず所見なしという診断を受けることができた。今日のところは昼頃まで病院で様子を見て、なにもなければ帰っていいようだ。ただ、あとになって症状が出ることもあるので、異常を感じたらすぐに病院へ来るようにとも告げられる。

昼に帰れるんだったら、夜、店には出られるかな。早く帰って掃除しないと。仕込みだって手伝わないといけない。

◎

と、思いつつ病室に帰ったら、

「いくらなんでも、今日はお休みするよ」

と、楓さん。

「あ、そう言えば楓さんはほとんど徹夜なんですよね……。すいません、なんか」

「じゃなくて。冴蔵ちゃんをいきなり働かせられないでしょ？　明日の水曜日は定休日だし、ちょうどいいから連休にしちゃうの」

彼女はいつもの柔らかい微笑みを浮かべて話す。何気ない言葉だったが、でもそれは強い風になり、おれの中にかかっていた霧をさっと晴らしてくれたようだった。

だって、たとえ楓さんがおれを休ませたとしても、料理が活況を呈《てい》しているいまの『四季』なら、彼女だけで特に問題なく営業もできるはずだ。にもかかわらずそれをしないということに、おれは楓さんの日本酒バーとしてのこだわりを見た気がした。同時におれが必要と言われたようで、ここ最近の悩みが吹っ飛んだようだ。

――それに、深夜にかわしたあのやりとり。

『「四季」は、日本酒バーじゃなきゃ意味がないの』

おれはいま、強く確信した。あの言葉がきっと楓さんの気持ちの全てを表している。たとえ店でなにが流行《はや》って雑誌にどう扱われても、『四季』が日本酒バーでいることは前提の上だったのだろう。料理屋への宗旨替えなんて頭をかすめもしなかったはずだ。

真っ直ぐ伸びた鉄のように、楓さんの意志は揺るがない。それを見ていると、細かいことで悩んでいたおれがバカらしくなってくる。

ベッドに座ってそう考えていると、

「それで、冴蔵ちゃん。さっき言ってた、あの話なんだけど」

楓さんが真面目な顔になって、口を開いた。

「……はい」

確か、手紙について、だったか。温厚な彼女があれほど眉間のシワを深くしたものだ。絶対に他人に踏み込まれたくない領域だったのだと思う。

そのことについて、いま、彼女は自分から話す、と言う。どういう風の吹き回しか分からないが、聞くこちらも相応の覚悟が必要だ。

おれは腿《もも》の上に置いた手をぎゅっと握る。すると彼女は自分のバッグから大きめの封書を取り出して、おれに見せた。

「それが……？」

色気のない、ただの茶封筒だけど。

「ううん。裸のままだと、汚れちゃうから」

と言って、その中から更に封書を取り出した。すると白檀の香りが更に膨らむが、しかしそれでも思った程ではなくて、まだおれにしか分からない程度。よほど厳重に封でもしてあるのだろうか。ちょっと拍子抜けである。

「それが、青葉さんの手紙が入った封筒……」

「そう」

「で、楓さんの話っていうのは、その内容について、ですか？」

昨日、逆鱗《げきりん》に触れたことを踏まえ、言葉に気を付けながら尋ねると、彼女は違うと言うように首を横に振る。

「じゃ、なんだろう。便箋に問題があったとか？　それとも香料？」

と、聞いてみても彼女は首を振って否定した。おれが分かりかねるという具合に首を傾けると、楓さんはすうと息を吸って、一つ呼吸を置く。そして緊張を呑み込むように喉を鳴らすと、

「まだ、読んでないの」

と、罪を告白するように、ぽつりと言葉を落とした。言った瞬間に、彼女の瞳は一気に赤みを帯びた。

「え……？　読んでないって……」

おれは一瞬、彼女の言ったことが分からなかった。全く予想していなかった死角から驚かされた気分だった。

――読んでないって、そのままの意味？　本当に？

確か青葉さんが亡くなったのは三年前。楓さんが手に持つその手紙、もしかして渡されてから三年も封を切らなかったのか？

手紙を書いたとき、青葉さんは末期の食道癌だった。それなら忍び寄る自分の運命に、ある程度の覚悟をしていた状態のはずだ。そんな中で書いた手紙をいままで？

——それは、いくらなんでも……。

おれが反応に困っていると、楓さんは下くちびるを噛んで、ついにぽろぽろと涙を零《こぼ》し始めた。

「手紙。青クンは自分が死んでから開けてって……。生きてる間は開けないでってって言われて、それで……」

「で、でも、もう三年も経って……。青葉さんは、もっと早くに読んで欲しかったんじゃ……。だって最期に、楓さんに読んで欲しいって書いたものでしょ？」

「そうなの。でも、開けられないの……。わたし、ひどいでしょう？」

なんとなく、病室が懺悔室《ざんげしつ》のようにも思えてきた。楓さんの表情は、まさしく罪を悔いる人のそれだった。

「……どうして？　せっかく青葉さんが……」

「恐いの」

「恐い？」

「青クンが、死んじゃいそうで」

メガネを外して涙を拭くと、楓さんはなにかを堪えるようにしてまた微笑んだ。悲しみをごまかすようなその動作に、おれは自分が彼女の気持ちに引きずり込まれそうな気がして、思わず目を逸らした。

あまり野暮なことを言う気はない。しかし楓さんは恐らく、青葉さんの死を受け入れ切れていないのだと思う。そのことをいま、暗におれへ告げたのだろう。手紙を読むというのは彼女にとって、彼の死の、その確認行為のようなものかもしれない。

「どう思う？」

楓さんはおれの反応を窺うように覗き込んでくる。

「どうって……」

「うん」

「──おれは、読むべきだと思います」

率直な意見を述べると、楓さんは「そう」と言って、メガネを掛けた。そして潤んだ瞳でおれを見つめる。

「でも、本当に恐いの」

「それでも」

それは、青葉さんが残された最後の時間に書いたもの。きっとこの世で一番好きな、残されてしまう人に向けて。彼女だってどうすべきかは、分かっているはずなんだ。

「読むべきです」

今度は、強い口調で言った。手紙からは白檀の香りがずっと漂っていて、おれだけに分かるそれは、青葉さんからなにかを頼まれているような気がした。

病室には暗い空気が澱み出す。なにか言ってそれを和らげたかったが、どんな言葉を彼女にかけていいものかおれには分かりかねた。

困ったな。困惑して頭をかくと、

「わたしたち、似てるよね」

楓さんは手をぎゅっと握って微笑んだ。それはおれにとって、意外な反応だった。

「え？　おれと楓さんが？」

「そうだよ。冴蔵ちゃんだって……」

そこまで言って、彼女はおれに眼差しを向けた。

なんのことだろう。心当たりがまるでないけれど……。

腕を組んで首を傾げると、

「三上さんのこと……」

楓さんは上目遣いで言って、ようやくおれは頭の中で答えに行き当たる。

「いや、それは……」

言われて気が付いた。確かにおれも問題から逃げているという意味では楓さんと同じである。自分を棚に上げてなにを偉そうに彼女と向き合ってるんだと思うと、心が痛んだ。問題と向き合う勇気は、おれにも明らかに足りていない。

「わたしたち、似たもの同士だよ」

そう言うと、二人の間に漂う雰囲気を嫌ったのか、楓さんは手紙をまた茶封筒に仕舞い、それを更に自分のバッグの中へ入れた。

帰る支度だろうか。ああ、あんなこと言える立場じゃないのに、ロクでもないことを話してしまった。今度こそ嫌われたかもしれない。

後悔の念に苛《さいな》まれていると、

「あのね」

楓さんは座ったまま手を伸ばし、おれの腕を柔らかく握った。

「昨日からのことって、いいきっかけかもしれない。わたし、頑張ろうと思う」

「え？　頑張る？　なにを？」

自分のこの問いかけに対する答えが頭の中には一つあったが、まさかという思いが自らその可能性を否定していた。しかし、

「手紙のこと……」

楓さんは、おれの思った通りのことを言った。

「帰ってから、お仏壇の前で開けようと思う。でも、やっぱり恐いの」

「……はい」

「それで、お願いがあるんだけど」

「え、ええ。いいですけど」

「内容も聞いてないのに」

「なにを聞いても、いいって答えると思うから」

言うと、楓さんはうつむく。そして、

「手紙、一緒に読んで欲しい」

と、上目遣いをこちらに向け、恥ずかしそうに言った。

「おれが？」

おれなんかが？

「そう。冴蔵ちゃんがお昼に帰れたら、そのときに。わたし、昨日から色々考えていて、それで冴蔵ちゃんにも聞いてもらって、このままじゃいけないって思ったの。でも、恐くて……。また甘えても、いい？」

楓さんは、もう笑んではいなかった。彼女の瞳を見るとそこに反射する蛍光灯の光が揺れ、恐怖に耐えていたことが分かった。

おれはなにも言わず、首を縦に振る。すると楓さんはおれの腕を握る手に、少し力を込めた。

◎

昼過ぎまでゆっくりと休めたからか、体はすこぶる快調だった。『四季』に帰って一伸びするとそれはいっそう軽くなり、さっきまでの入院が嘘のようである。

医者からは再びの脳震盪は致命傷になりかねないと言われ当分の無理を禁じられたが、日本酒バーの仕事ではそうそう脳震盪になる心配もない。おれはすぐにでも働けそうだ。

とは言え、今日、おれが『四季』のカウンターに立つことはないだろう。もちろん、楓さんとかわしたあの約束のためだ。

彼女は先に更衣室に入り、おれを待っている。おれの方は自分の部屋で干してあったバスタオルを畳みながら、考えを巡らせていた。

やはり、どうしてだろうという思いが先に立つ。

おれに話を聞いてもらってって楓さんは言ってたけど、自分を棚上げするような、おれみたいな人間がきっかけを与えられたとは思えない。楓さんの言う通り、おれは自分自身の問題から逃げ回っている臆病者だ。

それが、いきなり。しかも仏前で一緒に、である。ちょっと不思議だ。

ただ過程はどうあれ、これはきっと良いことだと思う。ようやく青葉さんが最後に書いた手紙を、楓さんが読むんだ。

きっと冷静には読めないと思うけど、でも故人の遺志がやっと果たされる。それによって楓さんにも新しいなにかが訪れるかもしれない。

いつも指輪を撫でていた楓さんの姿が、脳裏をよぎる。かけられていた呪いのようなものが終わり、彼女が本当の意味で解放されたらいいな、と、心から思う。青葉さんも、楓さんには自分の人生を歩んでほしいと願っているだろう。

そうなったなら、おれも嬉しい。勇気をもらえるかもしれない。

そんなことを思いながら、おれはバスタオルを持って立ち上がる。そして、

「入りますよ」

と、言って更衣室のドアを開けた。楓さんは既に仏壇の正面に正座していて、その

前には手紙が置かれてあった。おれはそのまま楓さんの隣に座ると、傍らにバスタオルを置く。

「なに、そのバスタオル」

楓さんはそれを瞥見したあと、胡乱《うろん》げな表情でおれに目を移す。

「いや、楓さん、絶対にたくさん泣くと思って……」

「バカにして。もう泣かないよ」

彼女はくちびるを尖らせて強情を張る。でも、絶対に嘘だと思った。ここ数日、特に昨日からの流れで、おれは楓さんの涙腺《るいせん》が脆《もろ》いことを学んだのだ。

「じゃあこれ、ハサミです。中身も切らないように」

手渡すと彼女はコクリと頷いてそれを受け取る。そして手紙とハサミを両手に持ち、

「冴蔵ちゃん」

シリアスな顔になって、おれの名前を呼んだ。

「わたしは三年の間ね、青クンが死んだのがなにかのありがちな間違いだって、心の片隅でずっと思ってた。いまだって、ひょっこり『四季』の引き戸を開けて帰ってくるかもって思ってるの。そんな訳ないのにね」

彼女は苦笑いを浮かべる。同調して同じ表情をすると、楓さんは深く深く息を吸い

込んでから話を続けた。

「だけどね、そういう気持ちがあったから、いままでわたしはやってこれたんだと思う。青クンのいない世界なんて、耐えられるはずがないから。でもわたしの気持ちが現実を受け入れたらどうなるだろうって、わたしはそれが恐い。この手紙を読むというのは、わたしにとってそういうこと。冴蔵ちゃんには、分かって欲しい」

「……はい」

勇気がいることだと思う。それは分かるつもりだ。

きっと、読んだあとは、どうしようもなく悲しい気持ちになる。バスタオルでは足りない涙を流すかもしれない。だけどその中には、彼女にとって得られるものもあるはずだ。絶望だけで終わるようなメッセージを、楓さんの愛した人が遺《のこ》すはずがない。

楓さんは仏壇の鈴《りん》を鳴らして手を合わせる。そしておれを見ると、

「……じゃあ、開けるよ。先に」

そう言って、封筒にハサミを入れた。『先に』の意味が分からなかったが、辺りに漂う張り詰めた雰囲気が、その言葉の追及を阻んだ。

ハサミは封筒の上辺を、慎重な動きで進んでいく。静寂に満ちた室内には、紙を切り込む音だけが、大きく響いては消えていった。

やがて封が解かれハサミがその役割を終えると、その中からは楓さんの、あの優しい香りが溢れ出す。おれでなくても明らかに分かる濃さだ。

「青クン……」

楓さんは既に目の縁《ふち》を赤くしている。匂いというものは、記憶の深い部分に宿ると聞いたことがある。なら青葉さんが好きだったというこの香りに、楓さんの中で蘇ってくるものもあるのだろう。

彼女は封筒から便箋を取り出すと、なにかを確認するようにこちらを見た。おれはそれに対する正しい答え方が分からなかったが、『大丈夫』という意味で頷くと、楓さんも同じ動作をして、その震える手で、手紙をゆっくりと開いた。

楓さんは便箋を両手で持つと、まるで幼児が絵本を読むように、姿勢を正してそれに目を落とす。対面に座るおれには裏側が見えるだけだったが、そこにはびっしり並んだ几帳面《きちょうめん》な字が透けて見えた。縦書《たてが》きのためか、それを読み込む彼女の目はわずかに上下し、字を追う顔からは表情が消えていた。

おれはその様子を、固唾《かたず》を呑んで見守っていた。手のひらには汗をかいていた。

やがて楓さんの目は、手紙の端へと移される。

そして彼女が手紙を下ろして顔を上げると、その顔にはどう判断していいか分からない、抑揚のない表情が浮かんでいた。虚《うつ》ろですらある。

「……どうでした？」

なにがどうだったって話でもないだろうに、おれはついそう聞いてしまう。

「……分からない。でも、久しぶりに青クンに会えた気がする」

楓さんは目を伏せる。そして表情に寂しさの色を浮かべると、

「それで、お別れを言われた感じ」

そう言って手紙を、おれに差し出すように床へ置いた。

「……読んでも？」

彼女はコクリと頷くと、そのあとは言葉を失い、なにもない空間を凝視した。おれが読んでもいいものか迷う気持ちもあったが、本人だけでは抱えきれないなにかがあるのかもしれない。

おれは這《は》いつくばるようにして、畳の上に広げられたそれを見る。便箋に書かれた文字は端正に整えられたものだったが、しかし青葉さんの病状がそうさせたのか、ところどころに弱々しさも漂っていた。

楓へ

この手紙が開かれるのは、ぼくが死んだどれくらいあとになるでしょう。

一週間後か、一ヶ月後か。もしかすると一年後、というようなこともあるかもしれません。

ぼくが死んでも、他のみんなは適当なところで心の折り合いを付けられると思いますが、でも情が深く真っ直ぐな性格の君は、たぶんそういう訳にはいかないでしょう。ぼくはそのことが心配です。

でも、これを読んでくれているということは、楓にも心の余裕が湧いている時期なのかもしれません。勝手にそう思っていて見当違いなことを言っていたらとても恥ずかしいですけど、この手紙は生まれてきた君の心の余裕に向けて、書いています。

死んだ後のことはどうなっているか想像できませんが、楓は優しくて、ぼくをとても愛してくれた人ですから、ぼくの死を家族の誰より、父《とう》さんや母《かあ》さん、兄《にい》さんよりも悲しんでくれるでしょう。きっと君は、長い間そうなることだと思います。

でも、ぼくにとってはそれがなにより辛いのです。なぜなら楓がぼくに対してそうであったように、ぼくも君のことをとてもとても愛しているからです。誰が愛した人の、その後の人生の足枷《あしかせ》になりたいでしょうか？　君がぼくなら、そうありたいと思いますか？　答えがノーなら、君の取るべき道は一つだけです。

勝手に死んで勝手なことを言って、本当に申し訳ないですが、残念ながらこの運命に逆らうことはできそうにありません。君と『四季』を残すのは本当に心苦しいけど……。この手紙も、休憩《きゅうけい》を入れながら少しずつ書いている有り様です。

楓。ここからはぼくの最後のお願いだと思って聞いてください。

君は料理が上手《じょうず》だから、料理屋をしても繁盛するでしょう。美人だし気立ても良いから、きっと良い人も見つかると思います。だからぼくのことは心のどこかに仕舞っておいて、君は君の人生を歩んで欲しいです。どうかぼくの死と君のその先を、秤《はかり》にかけるようなことはしないで。

それが叶えられたら、ぼくはとても嬉しい。あの世で見守りながら、大喜びしているでしょう。どうか、そうさせてください。向こうで悲しい酒は真っ平です。

このお願いが聞き遂げられることを祈って、最後にぼくが好きだったこの香りと、そしてぼくと楓が大好きだったあのお酒を、メッセージを込めてプレゼントします。お酒はぼくの部屋の、なるべく光が当たらない場所に保管しておいてくださいと、レッドスターの西郷君に頼みました。生きている内に見つけられたら恥ずかしいので、置く場所は工夫してと付け加えています。見つからなければ彼に聞いてください。

それじゃ、これでぼくとはお別れです。

君は元気に生きて、どうか幸福に過ごしてください。

青葉より

読み終わり、不思議な迫力のある手紙だ、と思った。筆跡も細く頼りないし、荒い言葉が書かれている訳でもない。

でも文面には青葉さんの愛情が確かに息づいていて、そこからは、いまでも楓さんを見守る彼の優しい表情が見えるようだった。

しかも青葉さんは自分が死んだあと、彼女がどうなってしまうか、この手紙をどうするかを見抜いていた。手紙を開けるまでに要した期間は彼の予想以上だったみたいだけど、でも楓さんの気持ちのほとんどを見抜いた上で、手紙を残した。きっと幸せへの祈りを込めて。明らかにおれより彼女を理解しているその様に、嫉妬《しっと》に近い感情を覚えたくらいだった。

おれはある種の凄《すご》みを感じ、這いつくばって読んでいた姿勢を正す。そして楓さんに視線を移した。

彼女は朦朧《もうろう》と焦点の定まらない目をして中空を見据えている。ショックが大きかったのか、昔を思い出しているのか。

「……楓さん、一つ、聞いても？」

おれの言葉に楓さんは、弱々しい目をこちらに向けてコクリと頷く。

「この、プレゼントのお酒って、なにか覚えがありますか？」

聞くと、彼女は少しあごを引いて、首を横に振った。

「心当たりは？」

重ねて問いかけても、彼女は知らないというリアクションをする。どうにも要領を得ないので、西郷どんに聞きますよ、と問いかけると、彼女はようやく、

「うん」

と、表情を欠いた声を発した。

――あれじゃ、タオルが無駄になったな。しかもわんわん泣くより好ましい反応かと言うと、そうでもない。抜け殻になってる。

どうしたものか。そりゃ、新たに青葉さんから別れを突き付けられた訳だから、呆然とするのも分かる。っていうか、ああなるのが自然かもしれない。ホント、罪な男

だよ、青葉さん。

おれはそんなことを思いながら、店に下り、西郷どんに電話をかけた。仕事中だろうから出てくれるか怪しかったが、

『はい』

何回かのコールのあと、彼はだるそうな声で応答した。どこかで寝ていたのかもしれない。

おれは一連のあらましを語り、青葉さんの酒の所在を聞く。すると彼は自分の記憶を掘り起こすように、『あーあー』と言って、声のトーンをいつものものに戻した。

『しかし、ようやくかい。聞かれないから、自力で見つけたものだとばかり思っていたよ』

「まさか、西郷どんが関わっているとは驚きでした。それで、その酒はどこへ？」

『青葉さんの部屋だったと思うよ。いまは倉庫にしてるって、楓ねーさんは言ってたっけ』

思うよって。

「……なんでそんなに曖昧なんですか？　まさか」

『お。冴蔵ちゃんにしては、なかなか察しがいいじゃないか。その通りだよ。忘れた

んだ』

「……ちょっと、本当ですか？　普通、そんなこと忘れます？」

『いや、少し事情があってだね』

さすがにバツが悪そうな西郷どんは、当時のあらましを簡潔におれへ伝えた。

青葉さんに頼まれ、プレゼントの酒を手配したのは西郷どんだった。彼は酒を用意すると、そのときはまだ歩けた青葉さんの病室に行って直接、それを手渡した。青葉さんはそれを抱えると、明日、ちょっとだけ病院を抜け出し、自分の部屋にそれを隠すつもりだと、弱々しい笑顔で答えたらしい。

しかし翌日。西郷どんが青葉さんに呼ばれ病室に行くと、昨日の今日で彼の容態は悪化しており、もう遠出が不可能な状態になっていた。青葉さんは他言無用と西郷どんに念を押すと、プレゼントの酒を自分の部屋のどこかに隠してくれと依頼してきたと言う。

「で、それと西郷どんの怪しい記憶と、なんの繋がりが？」

イライラしながらおれは聞く。

『いや、実はこれ、内緒の話で誰かに言うのも初めてなんだが。さすがに僕もあの夜は悲しくてね。地元のバーでしこたま飲んで酔っ払ったあと、もらった合い鍵で「四季」に入ったんだ』

「ええ」

『で、青葉さんの部屋に入って、なにか用事をしたなあって記憶まではあるんだが、次に気が付いたらカウンターの中で裸になって寝ていたという、こういう寸法さ』

「あんた……」

文句を言おうとかまえると、西郷どんはおれが話す前に声を出す。

『まあ、冴蔵ちゃん。もし探し当てることができたなら、心して開封してくれよ。できたら冴蔵ちゃんが、その場にいてあげた方がいいかもしれない。楓ねーさんはいま、酒を飲まないいんだろう？』

「そりゃ、まあ。でも、どうして？」

『それが青葉さんの、唎酒師としての最後の仕事だからさ。経験の集大成と言っていいかもね。苦しい中で頭をひねって考えていたよ。楓ねーさんが手紙を読むとき、どんな気持ちでいるか。その気持ちに合う酒をって』

おれは楓さんを促し、倉庫、いや、青葉さんの部屋の鍵を貸してもらった。

楓さんは手紙の他にもあった彼の形見の捜索に少し臆した様子だったが、それが唎酒師としての最後の仕事だと言われると、おれも黙ってはいられなかった。

「同じ唎酒師として言います。自分の奥さんに最後の仕事を捧《ささ》げた青葉さんの気持ち、どうか汲《く》んであげてください」

おれの言葉を聞くと楓さんは目を落とし、黙ったまま青葉さんの手紙が入っていたものと同じ茶封筒から鍵を取り出した。少しはおれの言葉が効いたのかもしれない。

考えてみれば、かつては親父に無理矢理取らされたこの資格。それがここ二ヶ月で、自分の誇り、宝物みたいになっていることに我ながら驚く。もしかするとこの『四季』を創った青葉さんの存在や、お客さんたちがおれにそう思わせたのかもしれない。

そしてその誇りに基づいていなければ、いまのセリフは説得力を持たなかっただろう。おれの口から話すこともなかったはずだ。

部屋には、おれ一人で入ることになった。酒を見つけてから、また更衣室へ持って行くことになっている。

楓さんも一緒に、と思って誘ったが、彼女は辛そうに首を振る。なんでも三年前、この部屋の中央で青葉さんが吐血して倒れていて、彼女はしばらくそのシーンのフラッシュバックに悩まされたとか。理由を聞いてなんとなく、おれが火傷したときや、病室での楓さんの取り乱しようが分かった気がした。

「ごめんね、お願い」

楓さんの言葉に頷くと、おれは部屋の鍵を開け、中へ足を踏み入れる。すると空気が流れて、少し埃《ほこり》が舞い上がった。この部屋、青葉さんが亡くなったあとは楓さんのトラウマによってほとんど出入りがなく、掃除に至っては全くしていないらしい。

ただ元が綺麗なためか畳に落ちていた埃はそれほどの量はなく、部屋の中も整然と片付いていた。もっとひどい状況を想像していたが、これなら抵抗なく酒の探索ができそうだ。

とは言え、隠された酒瓶をこの部屋全体の中から探す、となると、けっこう時間がかかりそうな作業である。ひねくれ者の西郷どんのことだから、あまり安直な場所に隠したとも思えない。

早くしないと、楓さんの気が変わる恐れもある。いや、そもそも青葉さんだって、自分の最後の仕事を彼女に見せるのに、きっと手紙を読んだ直後を想定しているはずだ。鉄は熱いうちに打てとも言う。タイミングはいまをおいて他にない。酒の保存状態も気になるし、早く探し出さないと。

しかしさて、どこから探そうか。これは三年前の酔った西郷どんとの心理戦だ。おれは腕を組んで天井裏からの捜索を覚悟するが、そのとき。

ふわりと、なにかが鼻先に漂った。おれの嗅覚ですら、微かなもの。

これは……、

「楓さん？」

おれはドアの方を振り向くが、彼女はいない。香りは確かに彼女のものだったが……。

いや、楓さんの匂いは元々、青葉さんが好きだったという白檀の香り。それならかつて彼の部屋だったここで香るのも、無理はないか。部屋に入ったときは、なにも匂いなんかなかったけど。

そう思うと、またもそれが鼻先にふわりと漂い、また消える。

そして香りと同時に思い出す、西郷どんの言葉。西郷どんはプレゼントの酒を青葉さんに手渡し、彼はそれを抱くようにして受け取り、一晩を過ごしている。よく考えると、この香りだって、その元になるものがなければ匂わない。

一晩預けられただけのものに三年も持続するほど香りが染み付くとは思い難いが、可能性にかけてみる価値はある。少なくとも、なにも手掛かりがないまま探すよりは断然良い。

おれは目をつぶり、鼻をひくつかせて香りを探す。

――酒を啢くときのように、集中して。

しばらく、待つ。気流の流れを乱さないように、呼吸をなるべく抑える。次に香ったら、わずかなものでも逃さない。

神経を研《と》ぎ澄《す》ませてじっとする。

まだ。まだ香らないか。

心が焦《じ》れ始めたそのとき、ふたたびその香りが鼻腔《びこう》を撫でた。

おれは手で摑むように、それを鼻で捉《とら》える。そして空気を揺らさないようじっくりと香りを辿り、その元へ足を進めていく。ときどき途切れてしまうほど弱々しいそれを、決して見失わないように。

やがて導かれるように連れられた場所は、押し入れの前だった。恐らく香りは、この中から。おれは座り込んで押し入れのふすまを開けると、中から冷たい空気が流れてきた。住居の造りがそうさせるのか、押し入れの中は冷暗所のようにひんやりとしていた。熱は完全に遮断されていて、酒の保存には最適な環境だ。もしかすると、西郷どんもこれに気が付いたのかもしれない。

「下の段……、かな」

おれは呟きながら頭を入れて、手を伸ばした。なにが入っているのか分からない箱類をどかせながら進むと、一番奥に包装紙で包まれた縦長の箱が見えてくる。

——これか。

おれが箱を手に取ると、微かなその香りは、ふっと消えた。まるで役割を果たし、最後の力を振り絞ったように。

◎

「これなの？」

楓さんの問いかけに、おれは頷く。

「包装紙、剝《は》がしましょうか？」

聞くと、彼女は首を縦に振る。おれはそれに従い、箱の裏に貼り付いているテープを剝がした。そして慎重にそれを解き、中の化粧箱を取り出す。

「これは……」

出てきた銘柄は青葉さんらしいとも言えたけど、しかしその種類には驚きがあった。黒っぽいその箱に押された箔は『獺祭《だっさい》　磨《みが》き　その先《さき》へ』。

「だ、獺祭……？」

楓さんの瞳が一気に潤む。確か手紙に『ぼくと楓が大好きだったあのお酒』という言葉があり、楓さん自身からも、青葉さんと獺祭をよく飲んでいたと聞いたことがある。それなら彼女の脳裏にどんな情景が浮かび上がっているか、想像に難くない。

「でも……、この名前は聞いたことがないよ。いつもは同じ獺祭でも、数字の入った銘柄だった」

楓さんは口を手で押さえながら、なにかに抵抗するかのように声を絞る。

「『獺祭　磨き　その先へ』は、山口県の旭酒造《あさひしゆぞう》が誇る、獺祭の最上級モデルです」

言いながら、おれは化粧箱を開けようかと、仕草と目で楓さんに確認する。彼女は瞳をまっ赤に腫《は》らしていたが、もう首を横には振らなかった。

おれは箱のフタを外す。するとその中には光沢が艶《つや》めく赤い布が敷き詰められていて、それに埋もれるように、『獺祭　磨き　その先へ』の四合瓶が顔を出した。酒瓶のラベルも、確か書道家によって一枚一枚手書きされているという高級酒だ。

「数字のある獺祭と、どう違うの？」

恐る恐るといった塩梅《あんばい》で、楓さんが聞いてくる。なにかを探ろうとしているのか、目線は酒瓶に釘付《くぎづ》けだった。

「……獺祭のフラッグシップモデルとも言うべき酒は、『磨き　二割三分《にわりさんぶ》』。あれも間違いのない良い酒です。巷《ちまた》で大人気なのは伊達《だて》じゃない」

銘にもなっているその数字は、酒の材料である米の精米歩合を指す。米の心白回りはタンパク質や脂質が多く含まれる部分で、そこを残して酒を造ると雑味が残りやすい。精米作業はその余計な外側を、目指す酒質に従って削る作業である。

二割三分の場合は米を二十三パーセントの大きさまで磨いたということになるが、日本酒の平均精米歩合が六十～七十パーセントと言われる中、それと比較すると、とんでもない高精米である。

「まあ、磨いたからと言って必ずしも美味い酒になるとは限らないんですが。そこは蔵元の実力でしょうね。米の旨みを残すためだったり、目的の酒質のために、酒によって精米歩合は様々ですけど」

「じゃあ、この『磨き　その先へ』は……？」

「それは精米歩合が非公表なんですが、名前が示す通り、恐らく二割三分を上回るものでしょう。極まってますよ」

答えながら、おれは化粧箱の中に、酒と同梱されていた冊子を見つけた。パンフレットのようなものか？　それにしちゃ畏まってるけど。

おれはそれを手に取り、開いてみる。

手触りからして高級なその紙は当然パンフレットなどではなく、そこには旭酒造の社長のサインと共に、蔵元の信念のような言辞が記されてあった。

『いかに困難が予想されても、いかに現在《いま》が心地好《よ》くても、その先へ、我に安住の地はなし』

読みながら、青葉さんがどうしてこの酒を楓さんに贈《おく》ったか。なんとなく、おれにはその意味が分かりかけていた。

おれは黙って、その冊子を楓さんに手渡す。彼女は手に取り一読すると、

「どうしていつもの獺祭じゃなくて、これなんだろう」

と、呟いた。

「おれも一回しか唎いたことないですけど、これ、とんでもなく綺麗な酒でした。なんというか、くっきりとした透明って言ったらいいのか……。綺麗さを突き詰めるところまで突き詰めて、極めるところまで極めるとこうなるのかって思い知りました」

驚き、うっかり飲み込んでしまったくらいだ。

「綺麗な、お酒……」

「飲んだらはっきり分かると思いますが……。西郷どんが言っていました。この酒は青葉さんが考え抜いて、それで楓さんに贈られているって。それなら、この『磨きその先へ』という銘も、味も、この冊子も、全て意味を込めて贈られたものだと思います。青葉さんからの、メッセージ」

恐らく青葉さんは、楓さんにこの酒を飲んで感じて欲しかったと思う。青葉さんを失った彼女が、それを乗り越えて、磨かれて、その先へ。それはこんなにも綺麗なものだと。限りなく綺麗なこの酒の味は、きっと楓さんの未来への、願いのような暗示。

「そう……」

返事をすると、楓さんは黙ってその四合瓶を抱きしめた。母親が子にそうするように、ぎゅっと。

「青クン……」

呟くと、彼女の頬に滴《しずく》が流れた。息を呑むほど美しく、透明な涙だった。

「——やっぱり、泣いたじゃないですか」

「うるさい」

楓さんはからかうおれをキッと睨むが、でもその視線はすぐに涙に溶かされ、彼女はメガネを外して手でその瞳を覆う。しかし溢れる涙を抑えることはできず、それは腕を伝ってぽたぽたと畳に落ち、そこに染みを広げていった。流れる涙は、楓さんの中に溜まる黒いものが絞り出されているようにも見えた。

バスタオルを渡すと楓さんはそれに顔を埋《うず》め、そして青クン、青クンという呟きを、嗚咽《おえつ》と共にその口から漏らした。しかし泣き声と混同したそれは次第に溶けて発声を同じくし、やがては楓さんの咽《むせ》び泣く声だけが、この部屋を満たす静寂に縫い込まれていった。

たぶんいまのこれは、三年前の病室での続きだろう。心の動きを止めていた楓さんが、再び彼の死と向き合ったんだ。

きっと彼女はこうなると分かっていたと思う。いや、手紙の内容次第じゃ、もっとひどい負担を心に負ったかもしれない。だからこそ恐れていた。

——溜め込んでた分、一筋縄《ひとすじなわ》じゃいかない、か。

おれは部屋の隅に移動すると、壁にもたれて彼女が人心地つくのを待った。そしてさっきの青葉さんの部屋でのことを思い出す。

楓さんに変なことは言えないけど、でもおれには隠された酒の場所まで、青葉さんに導かれた気がしてならなかった。三年も前に一晩預かっただけのものに、いままで香りが染み付いているなんてどう考えても不自然だ。いや、それを考え出すと、そもそもおれが『四季』を初めて見つけた、あのときも——。

根拠のない独りよがりだとは分かっている。でも間違えているという気はしなかったし、それにそう考えていた方が、おれが二人の役に立てた気がして嬉しい。

——青葉さんも、いまの彼女を見ているのかな。喜んでくれていたら、いいな。

楓さんの嗚咽は、それから陽の光がオレンジ色になるまで続いた。

少し泣き声が収まってきたのでふと見ると、彼女が手に持つバスタオルはもう涙でグシャグシャになっていた。さすがに水分が足りないだろうと思い、おれは店に下りて、グラスにミネラルウォーターを注いで持ってくる。すると部屋では、彼女が少し落ち着いた様子で仏壇と向かい合っていた。

「ありがと」

彼女はグラスを受け取ると、首を後ろに傾けて一気にそれを飲んだ。そして「ふう」と息を吐くと、左手の指輪を一撫でする。

——ああ、あのクセは、やっぱりまだ。

おれがそう思った次の瞬間。彼女はそっと、その薬指から指輪を抜いた。外したところを一度も見たことがない、その指輪を。

「えっ」

おれが驚いていると、彼女は仏壇に手を合わせる。そして目をつぶり、そこにいる人へ語りかけるように、声を出した。

「――見てた？　青クン。ちょっと泣いちゃったけど、でもあなたの気持ちは、確かに受け取りました。遅くなってごめんね」

そこまで言うと彼女は目を開き、仏壇に指輪を置いた。

「これは、お返しします。すぐには難しいかもしれないけど、わたしなりのその先へ進むために」

呼吸を置くと、楓さんはチラとおれの方を向き、また仏壇に目を戻す。

「でも、『四季』を日本一の日本酒バーにするというのは、もう引き継いだあなたの目標じゃなくて、わたしの夢にもなってるの。こんなに楽しくてみんなが笑ってくれる場所、他にないから。やり甲斐も感じてる。だからもっとたくさん、色んな人をそうしたい。きっとこれが、わたしなりのその先」

彼女はそう言いながら深々と頭を下げ、

「青クン。わたしと夫婦でいてくれて、そして新しい夢をくれて、ありがとう」

と、感謝の言葉を述べた。声は少し震えていたが、しかし彼女はもう涙を流してはいない。凛《りん》とした表情はとても清冽《せいれつ》だった。

たぶん、楓さんの時間は再び動き出したんだろう。強い人だと思った。変化を受け入れるのは辛いのに。巣離れも悲しいはずなのに。そして自らが変わることは、とても勇気がいることなのに。

楓さんを見ていると、おれはこの二ヶ月の間に出会った、店のお客さんを思い出す。和博さんは『四季』の変化を受け入れてくれた。風間さんは社会人としての自覚を受け入れた。輝吉さんは孫のため生きることを受け入れた。

そして楓さんは最愛の人の死を受け入れ、自分の足で歩き始めた。

――なら、おれは……？

いまさらだけど、手紙を開ける前、楓さんが『先に』と言っていた、あの意味。あれはもしかすると、おれよりも先に自分が変わるよ、と言いたかったんじゃないか？　いや、きっと……。

長い間、一人で『四季』を守ってきたほど責任感の強い楓さんのことだ。手紙を読む際、おれに同席を頼んだのだって『恐いから』なんて理由ではなくて、たぶん手本をおれに示したかったのだと思う。昨日、とっつぁんになにか言われたか、或いは不甲斐ないおれを見て、模範意識が芽生えたのかもしれない。

もちろん、分かっている。自分の抱えている問題だって、いつまでも放置しておけないことくらい。

──なら、おれも彼女のように……？

あの実家で決着を？　それはおれにとって、地獄に自ら進むほど恐いことだ。しかし人としてすべきことを知りながら、それを実行しないのは勇気がないからだと、どこかで聞いたこともある。

──その勇気なら、いま、もらえたんじゃないか？

考えの矛先が自分に向かったとき、目の前の楓さんがすっくと立ち上がる。視線を上げて動きを追うと、その腕には、青葉さんから贈られた獺祭が抱えられていた。

「冴蔵ちゃん。悪いけど今日、やっぱりお店に出てもらえる？」

彼女は突然、そんなことを言い出した。いきなり我が道を突っ走るつもりだろうか。

「え、ええ。いいですけど。でも、もうオープンの時間過ぎてますよ。料理の仕込みだってしてないし……」

「いいの。お客さんは、わたしだけだから」

「え？」

「飲むよ、これ。付き合って」

そう言って彼女は弾《はじ》けるような笑みを浮かべ、手に持つ獺祭をおれに突き出した。

「今日、飲み干しちゃうから」

◎

「獺祭ってのは、獺《かわうそ》が魚を並べる様を祭りに見立てて表現した言葉らしいです。青葉さんは酒をカウンターに出す自分が、それに似ていると思ったのかもしれませんね」

おれはそんなことを話しながら、スーパーで買ってきた材料で簡単な肴を作り、今日は客としてカウンターに座る楓さんに差し出した。

「冴蔵ちゃんの料理って、初めてね」

「簡単なものですいませんけど。『タコとトマトの和風マリネ』です」

「美味しそう」

彼女は嬉しそうに箸を割る。以前に嗅いだ『磨き　その先へ』の香りの記憶が確かなら、この料理とも良く合うはずだ。

「では、酒瓶の方も開栓しますよ。いいですね？」

「うん」

彼女は迷いも見せずに答えた。

楓さんの反応を確かめてから、おれはボトルの尖端《せんたん》に栓抜きを当てる。そして力を込めると、スポンと小気味良い音が鳴り栓が抜けた。

するとそこからは格式のある豊かな吟醸香が香り、辺りを華やかな空気に染め上げた。おれが以前嗅いだときより若干まろやかな気がしたが、恐らく三年という年月を経ているためだ。

この酒はワイングラスがいいだろう。香りを楽しめる。楓さんは注がれたグラスを受け取ると口を付け、

「……美味しいね。言ってた通り、綺麗なお酒」

にっこりと笑った。経年変化が心配だったが、それほどでもなさそうだ。

そしておれは、いままで拒んでいた酒を飲んでも、嬉しそうに陶然《とうぜん》とする楓さんの姿を見て、ああ、彼女は磨かれたんだな、と思った。その先へ、手を伸ばしたんだ。

「良かったです。きっと、青葉さんも喜んでます」

「そうかな」

楓さんは楽しそうに、またグラスに口を付けて、今度は中身を飲み干してしまった。そして手元のマリネも口に運ぶ。

「これも、美味しい。色んな食感が楽しいし、ちょっとだけピリッとしてる後味も良いね。綺麗な味」

「楓さんに褒められたんなら、おれの腕も捨てたもんじゃないですね」

おれは笑って答えながら、楓さんの表情を見つめる。

——おれは、置いて行かれたのかな。

脳裏には和博さんや風間さん、輝吉さんの顔が通り抜ける。みんなそれぞれ、自分が向かうその先と戦っている。楓さんに至っては背中でおれに語ってくれた。逃げたままの人なんていないのに。

いま、おれという人間を酒に例えると、どうだろう。青葉さんはどう唽いてくれるだろうか。

——お前にまだそこは早い。

『四季』のカウンターを指して、そう言われるかもしれない。いや、きっとそうだろう。それなら、それならおれのすべきことは。立ち向かう、その先は。

「ねえ、楓さん」

　おれは空いたグラスに酒を注ぎながら、問いかけるような口調で話しかけた。彼女は少し上気した顔色で、こちらを覗いた。

「なーに？　改まって」

「えっと。さっき獺祭の話しましたけど、やっぱりそうだと思うんです。カウンターの中からお客さんにお酒を出す仕事、おれ、祭りみたいに楽しいですから。やっていて、本当にやり甲斐あるんです。だから青葉さんもきっと同じ」

「そう」

「でもおれがここでそうして働くのって、現在《いま》の心地良さに甘えてるだけだと思うんですよね。あの冊子に書かれていたみたいに。それで、楓さんみたいに、その先へ行かないとって思って。いままでお客さんにはさんざん生意気言ったのに、肝心のおれは逃げたままの臆病者です」

「…………」

　楓さんは黙ってグラスをカウンターに置いた。その質すような目に、おれはこの上ない感謝を込めて、頭を下げた。

「実家へ、帰ります。お世話になりました」

読んだら飲みたくなる！
日本酒BAR 四 -Shiki- 季 お品書き

「軽やかなのに、余韻が長い」

獺祭 磨き その先へ

蔵名：旭酒造株式会社
創業：昭和23年（1948年）
住所：山口県岩国市周東町獺越
2167-4
HP：
http://www.asahishuzo.ne.jp/

「獺祭 磨き その先へ」。透明感の高い色調。香りの発現は意外にもおとなしく、一瞬拍子抜けしそうになりますが、じわじわと甘さを伴う吟醸香が立ち上がってきます。それはまるで極上の完熟果実。黄桃や花梨に例えられます。そして、これらの甘美な香りの持続力に驚かせられるのです。飲み口は絹のような柔らかさ。繊細な甘味と酸味が口内に広がった後は、キメの細やかな優しい旨味がゆっくりと展開します。「軽やかなのに、余韻が長い」。これがこのアイテムの特徴。そして、それは「銘酒」と呼ばれるための必須条件でもあるのです。

赤橋楓の
オススメ
マリアージュ料理

タコとトマトの和風マリネ

冴蔵ちゃんが作ってくれた特製マリネです。マリネというと酸っぱいイメージがあるかもしれませんが、こちらは芳醇な甘みのあるマリネでした。甘みの秘密はごま油だそうです。また、玉ねぎとトマトのしゃっきり、アボカドのねっとり、そしてタコの弾力という3つの食感が楽しめます。そして糸唐辛子のぴりりとした刺激がアクセントになっていました。

日本酒BAR
「四季」
春夏冬中

エピローグ

「かーちゃん。あとでお兄ちゃんの電話番号教えてよ」

開店前の仕込みをしていると、亜矢ちゃんが食器を拭きながらそう聞いてくる。

「いいけど、どうして？　冴蔵ちゃんも忙しいと思うから、出られないかもよ？」

「あたしじゃないの。じいちゃん、退院の日が決まったから、お礼を言いたいって」

それはきっと、冴蔵ちゃんも喜ぶだろうな。

「分かった。じゃ、あとでメールしておくね」

笑って答えるけど、亜矢ちゃんはちょっと顔を曇らせた。

「あとさあ……。ねえ、別の人、『四季』に雇ったりするの？」

続けて問う亜矢ちゃんの目は不安そうで、なにを言いたいのかすぐに分かる。

「そうねえ。忙しいし、考えとこうかな。カッコ良い男の人」

わたしが答えると亜矢ちゃんは「えー」と、不満を露わにして、

「やめときなよ。あたしが手伝ってあげるからさ。ママも『四季』のお手伝い楽しいって言ってたし、いつでも来てくれるよ。ねえねえ」

と、調理場まで来て訴えてきた。からかってみても、可愛い子だ。

「冗談よ。いまはまだ一人でできるから」

頭を撫でると、亜矢ちゃんは満足そうな笑みで食器に目を戻す。せっせとカウンタ

ーを磨く様子は見ていて微笑ましい。あの子が「兄ちゃんの代わりをする」と手伝いに来てから一ヶ月。いつ音を上げるかと思っていたけど、長続きしていて感心する。お義兄さんと相談して、お小遣いもあげなくちゃ。

「で、楓ねーさん。実際どうだい？　一人で料理と日本酒までやるのは大変でしょう？　前もそれで失敗しちゃったじゃない。よかったら僕がアルバイトに来るけれど」

営業で遊びに来ていた西郷どんが、読んでいた雑誌から目を上げて言った。

「ちょっと西郷どん。さっきの聞いてなかったの？　かーちゃんは誰も雇わないのっ」

カウンターの端から亜矢ちゃんが憤《いきどお》るけど、西郷どんは犬を追い払うような仕草をして相手にしない。亜矢ちゃんはぷくっと膨れて、布巾を西郷どんに投げつけた。

「心配してくれてありがと。でも、まだ大丈夫だよ。冴蔵ちゃんが細かく日誌とかお客さんのメモとか書いていてくれてたから。当分はこれに載ってる、お酒と料理の組み合わせで営業していくわ」

答えると、西郷どんは「ちえ」と不満そうな声を漏らした。

「やーっぱり冴蔵ちゃんがいないと張り合いが出ないねえ。からかい甲斐がないって言うかさあ。いまのも、冴蔵ちゃんがいたらもっと楽しく膨らんだのに」

「でしょ？　やっぱ分かってんじゃん、西郷どん！」

亜矢ちゃんの態度がいきなり翻《ひるがえ》ると、西郷どんはフンと鼻息を荒くした。相手は小学生の女の子なのに。

笑いながら二人のやり取りを見ていると、店の電話が鳴る。手を拭いて出ると矢島さんからで、今日の予約の電話だった。

『風間のバカがよ、でっかい契約取ったんで祝ってやろうと思ってな』

「すごい！　おめでとうございます！　じゃあ、腕によりをかけてお待ちしてますね。冴蔵ちゃんがいなくて、申し訳ないんですけど」

『ああ、これぱっかはなあ。親身になってくれる良いバーテンダーだったけど』

彼はそう前置きしてから、ひとしきり冴蔵ちゃんを褒めて電話を切った。

矢島さんに限らず、いまでも店には冴蔵ちゃん目当てのお客さんが来て、短い間でもバーテンダーとして愛されていたんだな、と実感する。

彼がいなくなってからのみんなの反応を見ていて、どうして冴蔵ちゃんが青クンと共通した雰囲気があるのか、わたしは気になってずっと考えていた。

顔も年も違うのに不思議だったけど、たぶんこういう人を引き寄せたり慕われたり、人間としての引力を備えているところなんだと思う。

——元気でやってるかな。

わたしはそう思いながらイーゼルを持ち上げ、それを店の外に出した。そしていつもの場所に置くと、西の空で傾きかけた太陽に向かって伸びをする。

こっちは、元気にやってるよ。

わたしは心の中で、そう呼びかけた。最近はメールしても返事が来ないし、ちょっと心配してる。わたしのこと、どうでもよくなっちゃったのかな。

元気なら、それでいいんだけど。せめてそれくらいは聞かせてよ。

心の中で、寂しさに一つまみの苛《いらだ》立ちを感じていると、

「楓さん」

後ろで、聞き慣れた声がした。

——幻聴？　ううん。はっきり聞こえた。どうして？

わたしは、そっと振り返る。確かめるように、ゆっくり、ゆっくりと。もしかしたら一瞬のことだったのかもしれないけど、少なくともわたしにとっては、世界がスローモーションみたいになっていた。

後ろを向くと、人が立っていた。西日が射し、建物が作る濃い影ではっきりとは見えないけど、でもその立ち姿は間違いようがない。そこにはずっと待っていた人が。

『四季』の唎酒師が、大きな荷物を背負って立っていた。

「さ、冴蔵ちゃん……？」

「驚かしてやろうと思って。……どうでした？」

「か……、からかわない、の」

答えると声が震えてしまう。すると冴蔵ちゃんは可笑しげに笑って、こちらに足を進めた。そして建物の影から抜け出たとき、

「ど、どうしたの、それ？」

その顔を見て、わたしは思わず背筋を伸ばしてしまう。その顔の至る所に、生々しい傷や腫れがあったからだ。

「いやあ」

冴蔵ちゃんはバツが悪そうに、後頭部をかいた。

「帰ってね、おれ、親父と話し合ったんです。ここを出て、東京で働きたいって。でも、話にならなくて。根気よく粘ったんですけど。傷は、そのときの」

「じゃ、じゃあ、また家出みたいに……？」

「いえ。とっつぁんが、助けてくれて」

「三上さんが？」

意外な名前だった。あの人はきっと、彼のお父さんの味方だろうと思っていたのに。

「おれと親父の話し合いを見かねて、途中から仲裁に入ってくれて。それでとっつぁんが、おれにはまだ蔵の仕事は早いって。ずっとそう思ってたんだって言い出して」

「え……」

あんなに帰ってきて欲しそうだった三上さんが、そんなことを？

「それで、東京にまず修業に出したらどうだって、親父に言ってくれたんです。日本酒バーなら色んな銘柄や、飲み手の心理を勉強できるからって。まあ、やりたいことして来いよ、ってことですよね。親父も日本酒に関する仕事ならって、渋々認めてくれました。あんまりおれが粘るから、面倒くさくなってたのかもしれないです」

「じゃあ、じゃあ……」

いま、ここに来ているのは、やっぱり……。わたしが答えを期待する目を向けると、彼は顔を上げる。そして満面の笑みを浮かべて、口を開いた。

「戻ってきました。今度は逃げずに」

「……うん……。……嬉しい」

わたしは耐えきれず、その場に屈み込み、手で顔を覆う。いま顔を上げたら、きっとまた冴蔵ちゃんに笑われる。

「……まさか、泣くとは」

「だって」

――ずっと待っていたから。

戻ってきたら、ありがとうって言って抱きしめてあげようと思っていたのに。いまだって、その傷ついた顔を撫でてあげたいのに。

でも、でも、せめてこれだけは。

冴蔵ちゃんが帰って来てくれたら、言わなきゃいけないと思っていた言葉。ここが彼の居場所になるように、絶対に言おうと決めていた言葉だけは。

わたしは込み上げてくる色んなものを堪えて、腕で顔をこする。そして無理矢理顔を上げた。それでもきっとひどい顔だけど、でもせめて表情は笑顔で。

「冴蔵ちゃん」

わたしが名前を呼ぶと、彼は少しだけ緊張した面持ちで、こちらをじっと見つめる。

「――おかえりなさい」

わたしからの精一杯を聞くと、冴蔵ちゃんはみるみる顔を綻ばせた。そして、

「ただいま！」

とても嬉しそうな声で、そう答えてくれた。

了

参考資料

『おいしい日本酒の教科書　決定版！　極旨名酒が集う日本酒大事典』
（宝島社）

『日本酒マリアージュ　お酒がもっと美味しくなる、
日本酒×料理の組み合わせ術』　稲垣知子（誠文堂新光社）

『「知識ゼロからの」日本酒入門』尾瀬あきら
（幻冬舎）

『ディズニー　サービスの神様が教えてくれたこと』
鎌田洋（ソフトバンククリエイティブ）

『プロが教える絶対に失敗しない料理のコツ』木澤智乃
（アントレックス）

『白熱日本酒教室』杉村啓
（星海社）

『純米主義　花の日本酒カリスマが厳選した本当に美味しい日本酒61本』
中野恵利（小学館）

『ちいさな酒蔵 33の物語——美しのしずくを醸す 時・人・地』
中野恵利（人文書院）

『うまい日本酒の選び方　200銘柄を徹底紹介！』
葉石かおり（枻出版社）

『蔵元を知って味わう日本酒事典
基礎知識から利き酒実施の銘柄紹介まで』武者英三（ナツメ社）

『蔵を継ぐ 日本酒業界を牽引する5人の若き造り手たち』
山内聖子（双葉社）

『知ればもっと美味しい！　食通の常識　厳選日本酒手帖』
山本洋子（世界文化社）

『バーテンダーハンドブック　プロの技術と知識がわかる』
渡邉一也（ナツメ社）

『もてなしの基』ＮＰＯ法人ＦＢＯ
（料飲専門家団体連合会）（著、発）

『日本酒の基』ＮＰＯ法人ＦＢＯ　日本酒サービス研究会・
酒匠研究会連合会（SSI）（料飲専門家団体連合会）

あとがき

ご無沙汰《ぶさた》しております、つるみ犬丸《いぬまる》でございます。

今回は日本酒（清酒）と料理、特に唎酒師にまつわるお話です。

この唎酒師という言葉、初めて知る方も多いかと思います。どんなものかと申しますと、日本酒の楽しみ方を提供するプロ、日本酒だけでなくその周りのことまでを識《し》る人間が持つ資格でございます。

ソムリエなどと比較しますと、あまり耳に馴染《なじ》みのないものかもしれません。しかし日本酒という日本の伝統文化を国内外に発信するに当たり、時世を鑑《かんが》みますとその重要性に疑問の余地はなく、需要の高まりも半ば必然で、これからが楽しみな資格だと申し上げて大げさでないと思います。

文化として飲料として芸術品として、またはその全てを共有する輸《ゆ》出品《しゆつひん》として、様々な側面から現在の日本酒は高い注目を浴びています。この物語はそういった酒たちが彩りを添える社交の場を舞台《ぶたい》にして、お話が構成されております。

そして本書に登場するのは日本酒たちだけではありません。お話には数々の料理も登場致します。何故なら日本酒は食中酒でもあり、また、この辺りの理解は唎酒師の知識、仕事の一つ。実際、お目にかかりました唎酒師の方々は、料理やサービスまで捉えた大枠の中で、日本酒に対し深い見識をお持ちの方ばかりでした。

しかし本稿で料理を扱うにしても、中途半端なものを出すことはできません。軽いおつまみにダイエット食……。実際に日本酒と合い、美味しいものを探すため、私は色々な場所を訪れ、色々なものを食して参りました。かつてなく美味しい取材に、ワーカーホリックな私としては、絶対にまた行かねばならぬと鼻息を荒くしております。

ちなみに本書に登場した料理の幾つかは、レシピをクックパッド様のウェブページに、『赤橋楓』名義で掲載しております。ご興味お有りの方は、是非ご覧くださいませ。

それでは最後に謝辞を。

毎回苦労をおかけしている担当編集の平井《ひらい》様、近藤《こんどう》様。前シリーズに引き続き、素敵なイラストでカバーと扉を飾ってくださったあやとき様。料理を監修して頂いた雪《ゆき》島《じま》鷹也《たかや》様。日本酒、料理研究家の杉村啓《すぎむらけい》様。新橋《しんばし》の美味しい料理屋、佐《さ》とう様。取材や資料提供に加え、具体的なお知恵まで授けてくださった大阪《おおさか》は天満《てんま》の元祖日本酒バー、杜氏屋《とうじや》様。日本酒サービス研究会・酒匠研究会連合会（ＳＳＩ）様にも、取材、資料提供、各日本酒のレビューなど特別な配慮を賜《たまわ》りました。

また登場する各日本酒を醸しておられる、千代むすび酒造様、旭日酒造様、白木恒助商店様、旭酒造様にもご協力を頂いております。

そして最後に、もっとも感謝を捧《ささ》げたい読者の方々へ。貴方《あなた》様の存在が、いつもネガティブな自分を奮《ふる》わせ、止まりそうな筆を先へと進ませてくださいました。

どなた様の支えが欠けていたとしても、本稿の完成は有り得なかったと思います。スペースの都合上簡単になってしまい恐縮《きようしゆく》ですが、ご協力やサポートに、心よりのお礼を申し上げます。誠に、ありがとうございました。

それではまた、次の物語でお会い致しましょう。

つるみ犬丸

つるみ犬丸

著作リスト

駅伝激走宇宙人　その名は山中鹿介！（メディアワークス文庫）
サムライ・ランナー！　続・駅伝激走宇宙人（同）
ハイカラ工房来客簿　神崎時宗の魔法の仕事（同）
ハイカラ工房来客簿２　神崎時宗と巡るご縁（同）
日本酒ＢＡＲ「四季」春夏冬中《あきない》　さくら薫る折々の酒（同）

本書は書き下ろしです。

メディアワークス文庫

日本《に》本《ほん》酒《しゅ》BAR「四《し》季《き》」春《あき》夏《ない》冬《ちゅう》中

さくら薫《かお》る折々《おりおり》の酒《さけ》

つるみ犬《いぬ》丸《まる》

発行　2016年4月23日　初版発行

発行者　塚田正晃
発行所　株式会社KADOKAWA
〒102－8177　東京都千代田区富士見2－13－3
プロデュース　アスキー・メディアワークス
〒102－8584　東京都千代田区富士見1－8－19
電話03－5216－8399（編集）
電話03－3238－1854（営業）
装丁者　渡辺宏一（有限会社ニイナナニイゴオ）
印刷・製本　加藤製版印刷株式会社

Printed in Japan
ISBN978-4-04-865943-7 C0193

メディアワークス文庫　http://mwbunko.com/
株式会社KADOKAWA　http://www.kadokawa.co.jp/

本書に対するご意見、ご感想をお寄せください。

あて先
〒102-8584　東京都千代田区富士見1-8-19　アスキー・メディアワークス
メディアワークス文庫編集部
「つるみ犬丸先生」係